吴世香（Adora Wu）◎著
遇见酿酒人

时代出版传媒股份有限公司
安徽文艺出版社

吴世香（Adora Wu）曾经的省级卫视记者，香港中文大学新闻系研究生，2013年起，在新西兰第一大葡萄酒产区的马尔堡尼尔森理工学院学习葡萄种植和酿酒。

YUJIAN NIANGJIU REN

遇见酿酒人

吴世香（Adora Wu）◎著

时代出版传媒股份有限公司
安徽文艺出版社

图书在版编目(CIP)数据

遇见酿酒人/吴世香著.—合肥:安徽文艺出版社,2016.11
ISBN 978-7-5396-5827-8

Ⅰ.①遇… Ⅱ.①吴… Ⅲ.①散文集-中国-当代 Ⅳ.
①I267

中国版本图书馆 CIP 数据核字(2016)第 174387 号

出 版 人:朱寒冬　　　　　　　　　策　划:朱寒冬
责任编辑:刘姗姗　周　丽　　　　　装帧设计:张诚鑫

出版发行:时代出版传媒股份有限公司　www.press-mart.com
　　　　　安徽文艺出版社　www.awpub.com
地　　址:合肥市翡翠路1118号　邮政编码:230071
营 销 部:(0551)63533889
印　　制:安徽联众印刷有限公司　(0551)65661327

开本:710×1010　1/16　印张:18　字数:260千字
版次:2016年11月第1版　2016年11月第1次印刷
定价:49.80元

(如发现印装质量问题,影响阅读,请与出版社联系调换)
版权所有,侵权必究

序 言

艳阳下爱上新西兰酒庄

跟许多人一样,在几年的记者编辑生涯后,觉得前路迷茫,看不到前进的方向,也看不到自己想要的人生。

于是辞职,去看另一个半球人的生活。

如果我说没有一点点的害怕和更加迷茫,那是假话。

飞机从处于炎热夏天的上海飞到寒冷冬日的基督城,没有感觉到时差,只觉得脑袋一片空白。谁也不认识,没有人为我的到来而高兴,也没有人为我的到来而失落。

有那么些时刻,怀疑自己到这里来干什么,想回家,想回到熟悉的环境。这可能就是旅行的两难之境:一方面享受新奇环境带来的体验,一方面又寂寞无助。

在基督城待了两个星期后,机缘凑巧来到布兰妮姆(Blenheim)。这个机缘是原先同事的邻居在那里开了个中餐馆,于是暂时投奔他们而去。

没想到这一去,就在布兰妮姆住了下来。认识了些新的朋友,并且渐渐爱上了那里大片大片的葡萄园。

是的,我曾经是向往大片大片的向日葵地的。因为喜爱那硕大花朵努力地向着阳光,璀璨地绽放。可是这大片充满绿意的葡萄园,却让人看到了生命的另一种喜悦。

那就是,经历磨炼,经历时间,最终变成佳酿。

好的东西,都需要时间和耐心,并且尽人事,听天命。

因为葡萄收成的好坏,与当年天气的状况直接相关,这也就是为什么葡萄酒年份很重要。如果那年干燥,葡萄就会聚积较多的糖分,果香浓厚。如果那年雨多,葡萄的品质就会下降,因为葡萄吸收太多的水分,糖分就被稀释了。除此之外,天气还影响到葡萄疾病的状况。

"人事"当然很重要,好的酿酒师,就像好的绘画大师和作曲家。

品质差不多的同一葡萄品种,在酿酒师的调配下,会变成味道完全不同的葡萄酒。有的酸度高,有的甜味浓;有的果香浓厚,单宁强劲;有的则有青草气息,单宁柔软。

这就好比同一景色,在印象派大师马奈的画作里,日出变成朦胧光线交叠的梦幻印象;在凡·高的画里,日出可能是稻田乌鸦后面恍惚的背景;而在野兽派马蒂斯的画里,日出变成明快的黄色,要从画布上溢出来似的。

可以这样说,真正的酿酒师是科学和艺术最完美的结合,既要懂得各种化学反应给味蕾带来的体验,也要寻求创新和挑战,让品酒的人感受到他们不是在喝酒,而是在享受葡萄、风土、时间和酿酒手法等完美的艺术结合。

与其说他们在喝酒,不如说他们在欣赏酒。

这也最能给酿酒师带来成就感,因为人们欣赏他们的劳动成果,并且享受他们的智慧。

新西兰就是这些酿酒艺术家寻求灵感的一块宝地。

这个国家由南北两座岛屿组成,四面环海,土壤肥沃,日照充沛。重要的葡萄产区有马尔堡(Marlborough)、霍克斯湾(Hawkes Bay)、吉斯伯恩(Gisborne)、马丁堡(Martinborough)和中奥塔哥(Central Otago)。

打开新西兰葡萄酒协会网站上的统计资料,上面显示新西兰葡萄种植面积是35859公顷(2015年),其中马尔堡就有近23000公顷,是新西兰第一大葡萄酒产区。

新西兰最有名的是具有独特风格的长相思(Sauvignon Blanc)白葡萄酒,而这酒正是在南岛最北端的马尔堡扬名世界。许多其他白葡萄品种也在新西兰长势良好,如霞多丽(Chardonnay)、雷司令(Riesling)、琼瑶浆(Gewürztraminer)和灰品诺(Pinot Gris)等果香浓郁的品种。

而新西兰最著名的红葡萄品种则是黑品诺(Pinot Noir),尤以产自马丁堡、霍克斯湾和中奥塔哥的品质为佳。这些地区富含石灰岩成分的土壤凉爽、干燥,漫长的生长季节正是黑品诺的理想种植地。

布兰妮姆的夏天,很少见到雨。

经常在艳阳下眺望远处的葡萄园,看葡萄园在夕阳的金光下,云雾缭绕,远处的山谷层层叠叠,像一卷展开的中国水墨画。

看葡萄叶在阳光下挥舞着、伸展着,看米粒大的葡萄粒渐渐变得饱满浑圆。

这一切都拜阳光所赐,当然也少不了葡萄园主人的辛劳打理。

在艳阳下,看葡萄园,从此爱上了它们。

于是想知道庄园背后人的故事,想知道酿酒师是怎么创造属于自己独特的葡萄酒。

遇见酿酒人,遇见另一种生活方式,遇见葡萄酒背后的缔造者,遇见我自己。

目　录

序言：艳阳下爱上新西兰酒庄 / 001

Babich Wines 百碧祺酒庄：
"异乡人"的百年寻梦路 / 001

Highfield 高地酒庄：
总要做个艺术家 / 015

Gibson Bridge 吉布森桥酒庄：
城市商人的"田园退休梦" / 024

Forrest 福瑞斯特酒庄：
科学家夫妇的酿酒试验 / 029

Bouldevines 宝蔓酒庄：
在逆境中前行 / 036

Hunter's 亨特酒庄：
女掌门的杯酒人生 / 042

Allan Scott 艾伦·斯科特酒庄：
快乐的酿酒家族 / 050

Johanneshof Cellars 约翰尼索夫酒庄：
德国女酿酒师寻梦新西兰 / 057

Drylands 德拉兰酒庄：
从消费者的味蕾出发 / 064

Rock Ferry 石头渡酒庄：
弃"哲学"奔"酿酒" / 070

Yealands Estate 伊兰酒庄：
爱开推土机的"怪老头" / 076

Greywacke 灰瓦岩酒庄：
爱摄影的酿酒师 / 086

Fairhall Downs 费尔霍尔酒庄：
沉默农场主的酒庄梦 / 094

Wither Hills 威瑟山丘酒庄：
80后女酿酒师的幸福生活 / 102

Seresin Estate 席尔森酒庄：
英国"浪子"在酿酒中安定 / 109

Marisco 莫瑞斯科酒庄：
国王后代的"疯狂"庄主 / 116

TerraVin 葡元酒庄：
就想做个手艺人 / 124

Te Whare Ra 棚屋酒庄：
酿造"生活"的酒 / 130

Fromm 福若酒庄：
从学徒到酿酒师 / 138

Kim Crawford 金凯福酒庄：
澳洲小伙的酿酒情怀 / 146

Framingham 富民堡酒庄：
酿酒师中的"贝多芬" / 153

Mahi 玛禧酒庄：
蜗牛的哲学 / 159

Dog Point 多吉帕特酒庄：
一对朋友 一个酒庄 / 166

Tohu 图胡酒庄：
三十岁以后的人生抉择 / 174

Staete Landt 兰特酒庄：
放弃IT 回归土地的荷兰人 / 180

Huia 胡伊亚酒庄：
像鸟一样自由的飞翔 / 187

Lawson's Dry Hills 罗森威兹山酒庄：
爱上这片海 / 193

Domaine Georges Michel 乔治·米歇尔酒庄：
像马一样自由的奔腾 / 200

Mount Riley 瑞丽山酒庄：
关于童年的美好回忆 / 206

Churton 且藤酒庄：
向大自然学习 / 213

No. 1 Family Estate 一号酒庄：
只酿一种酒，只做 No.1 / 221

Saint Clair 圣克莱酒庄：
永不停歇的脚步 / 228

Spy Valley 间谍谷酒庄：
"神秘"间谍谷不神秘的酿酒经 / 235

Cirro 希罗酒庄：
在中国酿酒的酿酒师 / 241

Folium 福留酒庄：
一个人的葡萄园 / 247

Clos Henri 亨利酒庄：
旧世界遇见新世界 / 255

后记 / 262
番外篇：马尔堡的吃喝玩乐篇及美酒美食节 / 267

Babich Wines 百碧祺酒庄：
"异乡人"的百年寻梦路

2016年是百碧祺酒庄一百周年诞辰纪念。

新西兰很难找到百年家族酒庄，有很多20世纪初期创立的家族酒庄不是消失了就是被大公司收购了，而新西兰葡萄酒行业的真正成长是在20世纪70年代后，所以这个百年酒庄也是新西兰葡萄酒行业中的一颗珍宝。

最早跟百碧祺打交道是跟百碧祺在马尔堡的葡萄种植专家John有过几次接触，曾经到他管理的百碧祺名下的几片葡萄园看过，也去过百碧祺在马尔堡的新酒厂。

酒厂坐落在由马尔堡去基督城方向的高速路旁，现代化的简洁设计掩映在山脚下，低调又奢华。酒庄内部有着先进的酿酒设施，我对着这些崭新的设备，心生羡慕，真希望在这里做个收获季工作者。

有一日，John带我去百碧祺在Waihopai河谷的葡萄园参观，我指着散落在地上的葡萄对他说："这么好的葡萄为什么要剪掉？好浪费。"

彼时正是2016年收获季前夕。John说："为了让剩下的葡萄更好，获取更多的口味，剪掉多余的葡萄是必须的。"

年轻时的 Josip 经过艰难的创业，创建了百碧祺酒庄。

那个时候，真希望他们在剪之前告诉我，我可以把葡萄捡回去做点酿酒小实验的。

好了，闲话不多说了，我们来看看这个百年酒庄背后的故事吧。跟许多伟大的公司一样，事情的起源不过是一个人寻求安身立命的微小目标。

过去时：往事并不如烟

1910 年，14 岁的 Josip Babich 和他的兄弟来从远在北半球的克罗地亚来到新西兰北岛的奥克兰讨生活。

他们的三个哥哥已经在此地工作了一段时间，做的是挖橡胶的工作。挖橡胶是当时北岛居民最主要的工作。

北岛有很多 Kauri（贝壳松）的橡胶地，而这样的橡胶地已经历千年的自然变迁，树已不在，根却还留在沼泽地底。

这项工作又累又脏，整天在泥泞的地里不停地向下挖掘，直到找到橡胶为止。住宿条件也很差，有很多人挤在一个临时搭建的帐篷里。

刚到此地的 Josip 连英语都不会说，而且力气还没大到可以整天地挖掘。所以，他先充当了跑腿和厨师的角色。慢慢地，随着年纪和力气的渐长，他也开始跟哥哥们做起一样的工作。

经过几年的积累，1916 年，几个兄弟决定联合买块地种点葡萄，酿造波特酒。波特酒是那个年代流行的酒。波特酒是酒精度数高的餐后甜酒，原产自葡萄牙，曾经在英国非常风靡，20 世纪 20 年代，在新西兰也非常流行。

创业时期，异常艰辛。有时候为了赚一块钱，Josip 必须在马背上跑个来回 80 里路去送酒。还有一次,因为只卖出了两瓶酒,Josip 还被罚款了。因为当时的法律规定是最少必须得出售两加仑(约 9 升 12 瓶)的酒。

现在说来可能一笑而过,这对当时的他们来说,都是不小的挫折,当时律师建议他们离开此地,"因为这样的地方对酿酒业来说是没有未来的"。

马尔堡的 Wakefield 葡萄园拥有极佳的葡萄种植环境,充足光照,较低的降雨量,以及相对凉爽的温度。马尔堡被认为是当今世界优质葡萄酒产区之一。

减少覆盖在葡萄上的叶子,以让葡萄充分暴露在阳光、空气中,从而减少葡萄病虫害的几率。

于是他们从葡萄园所在地 Awanui 搬回奥克兰西部的一个农场。这个农场之前是几个兄弟合伙所买。随着大家年纪渐长和组建了自己的家庭,兄弟们决定平分这块地。

Josip 在自己分到的土地上辛勤地忙碌着,这个高大健壮的年轻人饲养奶牛,种植蔬菜、果树。当然,他不会忘记辟出一块地来种植葡萄。此时,依然以酿造波特酒为主。

公司的名字也经历了几番演变,一开始叫"新时代果园和葡萄园",然后是"品诺葡萄园""北方葡萄园",最后定下来还是用 Josip 自己的姓来做公司名:Babich Wines(百碧祺葡萄酒)。

1929 年,这个忙碌的年轻人跟同是来自克罗地亚的 Mara 结婚了。婚后两人育有三个女儿和两个儿子。

此时葡萄园种植的并非今天大家可以看到的一些国际品种,如黑品诺、长相思等,而是种植可以酿造雪莉酒的品种(雪莉酒来自西班牙,同波特酒

David（左）、叔叔 Joe（中）和父亲 Peter（右）

一样也是酒精度较高的加强型葡萄酒）。从百碧祺的百年进程中，你也可以看到新西兰消费者口味的改变和葡萄酒行业的缩影。

到了 1950 年前后，Josip 的两个儿子和女儿开始渐渐地变成酒庄的管理人员。

现在时：接手家族生意

新西兰在 1960 年前后，开始了一轮葡萄酒消费热潮：消费者已经从对加强型葡萄酒的热爱转到佐餐酒。百碧祺酒庄没有放过这次机会，对奥克兰的酒庄酿酒设备等进行更新升级。

同时百碧祺也开始购置土地种植葡萄，此时的葡萄品种渐渐地转变成黑品诺、赤霞珠等国际品种。从 1980 年开始，百碧祺开始出口到欧洲，而此时酒庄的酿酒师是 Josip 的儿子 Joe。

百碧祺系列酒：
元老是百碧祺的旗舰红酒，它的葡萄来自百碧祺霍克斯湾金伯莱碎石区的铁门果园。

百碧祺黑牌(BLACK LABEL)是旗下仅供餐厅与五星级酒店的高端系列，也是百碧祺团队近年来最大的创新之一。

百碧祺马尔堡长相思，马尔堡出产世界一流的长相思葡萄酒，酒体清冽，入口微酸，有着浓郁的果香和青草的芬芳。

在 Joe 担任酿酒师期间，酒庄的一系列酒在各种大赛上都频频获奖。Joe 说在 1980 年前后对欧洲产区的访问，让他的酿酒思路大开。回来后，他觉得公司在霍克斯湾的葡萄园最有潜能酿造出勃艮第或波尔多风格的葡萄酒，于是他就在霞多丽上试手，尝试让霞多丽在橡木桶内发酵后的酵母残渣上陈年，以增强酒体和口味的复杂性。这个酒一炮而红，频频获奖，Joe 为此还获得了"新西兰 1994 年年度酿酒师"的称号。

也正是在这个阶段，百碧祺酒庄的酒在市场上崛起。如今，Joe 在他的酿酒生涯中完成了超过 35 个收获季。

Joe 的哥哥 Peter 则一直负责酒庄的各种管理，现在他的二儿子 David 担任酒庄的总经理一职。如今，酒庄的管理，慢慢地开始往第三代 David 身上转移。

我没见过 David，但是还是用 E-mail 跟他交流了一些。David 告诉我他对祖父 Josip 也就是酒庄创始人的印象，祖父在他十五岁的时候去世的，所以他说对祖父印象比较深刻。

David 小时候会经常在酒庄附近玩耍，因此会有一些机会看到忙碌中的 Josip。有一次他骑的三轮小车坏掉了，祖父特地过来帮他修好。这件事 David 现在还没有忘记，他觉得祖父很厉害，简直就是超级英雄。

当然家里对他的影响是很大的，小时候看到父辈们做的事情，他也是耳濡目染地喜欢上了酿酒事业。他说他从来不后悔选择了这个行业，不过在完全进入家族生意之前，他在家族外的大公司工作了七年，这是个偷师学艺的过程，他在这个公司从最基层的办事人员升职为经理。

从这段经历中，他认识到了财务管理和企业策略在公司发展过程中的重要性，"可能很多家族企业都没有重视到这两点"。

将来时：期待下一个百年

我问 David，做成百年老企业的秘诀是什么。

遇见酿酒人

　　David说，其实百碧祺能走过百年，就是因为坚持和承诺。他的祖父坚持酿造好酒，他的父亲和叔叔延续着这个承诺，到他这一代，更要坚持和承诺酿造最好的酒。

　　将来酒庄的发展目标，就是要成为新西兰葡萄酒的标志性酒庄。

　　谈到对中国葡萄酒的印象，他说，其实中国是他们出口中唯一以红酒为主导的市场。这足以见到中国消费者对红葡萄酒的热爱。

Babich Wines
百碧祺酒庄:"异乡人"的百年寻梦路

  至于酒庄的第四代,现在还在成长学习中,David 的大儿子目前对酒庄的生意很感兴趣,但是 David 说不强求自己的孩子一定要接手家族企业。
  "他们自己想做点自己喜欢的事,我们都不反对。"
  至于下一个百年,百碧祺怎么发展,David 觉得除了坚持和发挥公司本身的优势之外,创新很关键。

夏季充满生机的葡萄园,片片绿叶泛着金光,颗颗葡萄晶莹剔透。

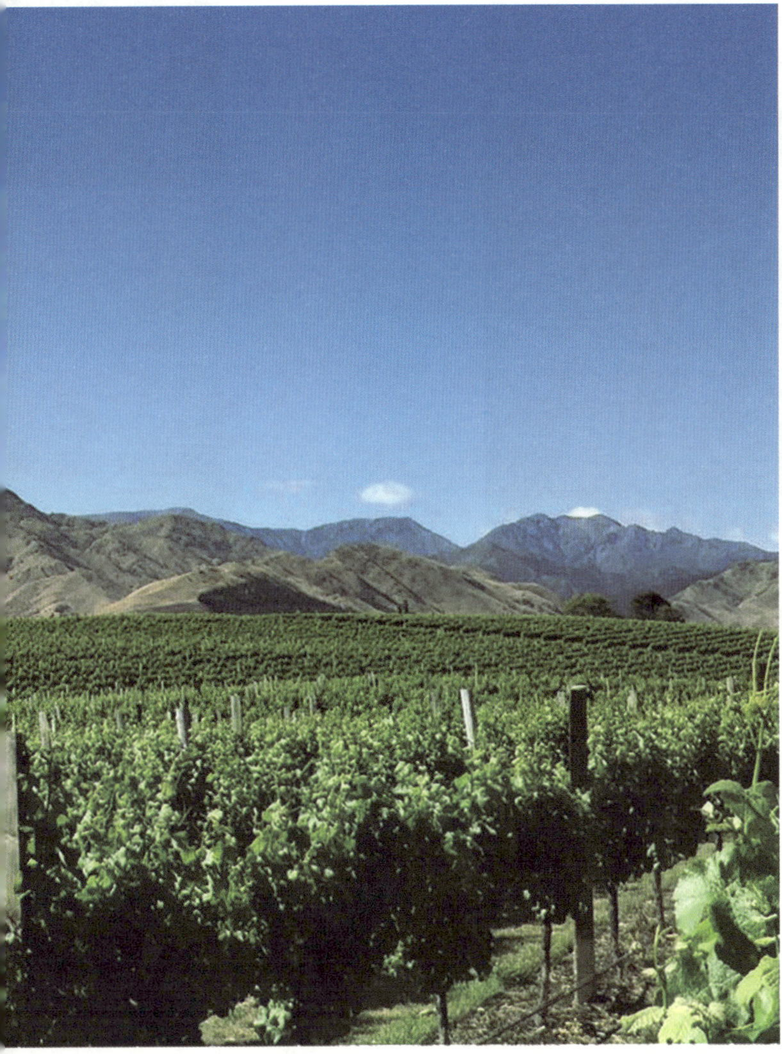
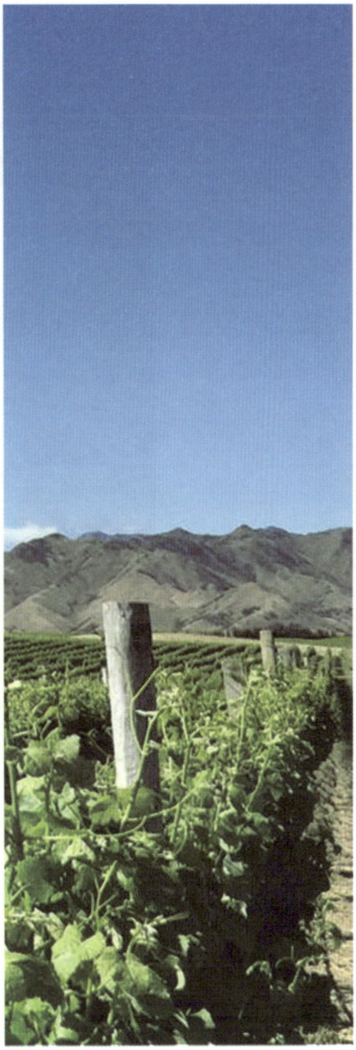

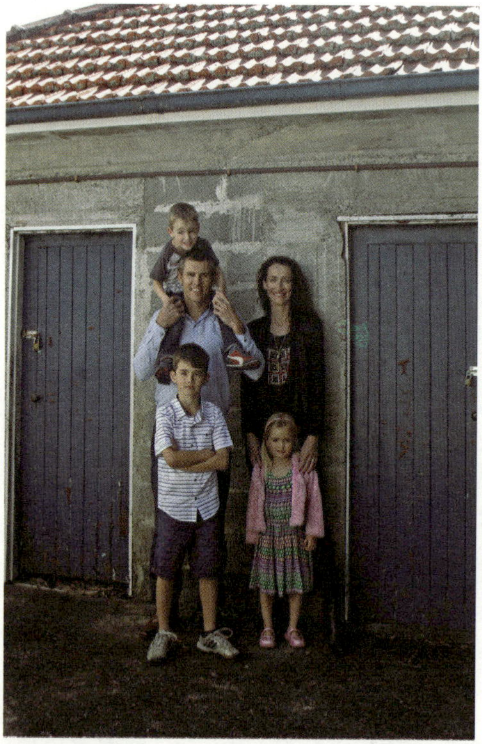

酒庄第三代管理人 David 热爱酿酒事业，秉承祖父的精神要将酒庄发展为新西兰葡萄酒的标志性酒庄。

马尔堡的 Avatere 河谷是种植长相思的主要产区。

春天拖拉机在葡萄园里喷洒防病虫害的有机液体。

Highfield 高地酒庄：
总要做个艺术家

　　这已经是我第三次去 Highfield 酒庄，熟悉酒庄是因为台湾朋友佳吟在里面工作。佳吟总是对我说，她工作的地方简直就是世外桃源，每天美酒美食，关键还有美景。说得我心痒痒，决定也去试试这美食，尝尝这美酒。

　　果然，第一次见到酒庄的时候被惊艳到了，这个地方居然藏着具有欧洲风情的建筑。红色的建筑在大片绿色葡萄园的映衬下特别显眼，而且酒庄附近的这条路居然叫 Dog Point Road (狗指路)，有意思。

　　在我跟佳吟说了我想写本新西兰酒庄之旅的计划后，佳吟很热情地帮我联系了酒庄的酿酒师。我们约好第二天上午跟酿酒师见面。

　　第二天，天气晴好，我们驱车到酒庄。到了酒庄后，佳吟去办公室找酿酒师出来，我则在葡萄园边乱晃、拍照。这个时候酿酒师出来了，我心里有点紧张。

　　但随后酿酒师的热情让我放松下来。

　　Alistair Soper 出现的时候，热情地递上了他的名片，然后友好地和我握手，随后便带我们参观整个酒庄，包括窖藏室、装瓶流水线、仓库以及办公

遇见酿酒人

室等等。

当我用拙劣的英语问他问题的时候,他很友好地回答,而且一点也没有不耐烦。那天 Alistair 穿着红色的上衣和蓝色的牛仔裤,加上略微蓬乱的头发和深邃的蓝色眼睛,让人觉得他像个乡村歌手,而不是个酿酒师和管理者。

Alistair 一边带我参观酒庄,一边跟我讲述酒庄的故事。

酒庄最早的拥有者是 Walsh 家族,他们是爱尔兰人,1935 年在此地买了 365 公顷的农场。为了一解乡愁,Walsh 家族就将他们的农场命名为家乡附近的 Highfield。

酿酒师 Alistair 有着自己的梦想,做一位酿酒的艺术家,酿酒给他带来很大的成就感,也希望将新西兰的葡萄酒推荐给更多的中国人。

和那个时候大多数的马尔堡农场一样,这个农场一开始也是以种庄稼、养鸡、养马为主。当农场传到第二代 Bill 的手里时,想做一番事业的 Bill 决

Highfield
高地酒庄：庄要做个艺术家

定改变现状。这个时候正是20世纪70年代，新西兰一家大型的葡萄酒厂想在马尔堡地区种植葡萄，Bill觉得这是个商机。

Bill开始种植2.5公顷的米勒（Muller Thurgau），这是种中等甜度的德国葡萄品种，容易种植，成熟快，产量大。但是，由其酿造的葡萄酒味道比较平淡，只能做普通的餐酒。

不久，Bill发现自己种植的葡萄树里夹杂着些"野种"，于是他把混进队伍的葡萄树送去鉴定，才发现这就是后来使新西兰葡萄酒扬名世界的长相思（Sauvignon Blanc）。

马尔堡地区日照时间长，气候干燥，昼夜温差大。这样的气候条件使得用此地长相思酿造的

人们在享受马尔堡的长相思和当地出产的海鲜。

017

夏日阳光下的长相思,正在积累糖份,慢慢成熟中。

Highfield
高地酒庄：品尝被个艺术家

白葡萄酒，充满果香，酸度强劲，口感丰满，酒体结实。同时，其清凉的色泽几乎可以搭配各种食物的随和个性，让这款酒很流行。

于是，Bill 想开创属于自己的长相思品牌。终于，经过漫长的筹备，1990 年 Highfield 酒庄正式开始生产属于自己的白葡萄酒。但是理想却没有照进现实，资金的缺乏和市场需求的转变，让酒庄没多久就陷入了困难的境地。Bill 甚至连买空酒瓶的钱都拿不出来。

一年后，对葡萄酒感兴趣的日本消防实业家 Shin Yokoi 和他的英国商人朋友 Tom Tenuwera 决定一起购买 Highfield 庄园。

Shin Yokoi 当时对香槟酒很感兴趣，他在日本就有一家公司是法国拉皮耶香槟起泡葡萄酒（Champagne Drappi-

酒庄的黑品诺优雅、细腻，果味甜美而不腻，富有内涵，且有深度。新西兰独特的凉爽气候非常适合黑品诺的生长，其南岛与北岛不同的气候和环境也造就了不同风格的黑品诺葡萄酒。

019

遇见酿酒人

er）的独家代理。于是他就邀请当时拉皮耶香槟庄的庄主继承人 Michel Drappier 来帮助指导酿造。

1999年，Alistair 成为该酒庄的酿酒师。说起当时为什么会选择 Highfield，Alistair 说，酒庄在酿酒方面给他很大的自由空间，可以说完全让他自由发挥创造。

我问 Alistair，在创造自己的葡萄酒的过程中，最喜爱哪种葡萄酿造的酒。他笑笑告诉我，这个问题他也问过自己很多回。

"Riesling（雷司令）酿酒师都爱。"Alistair 说，"因为 Riesling 有多面性，可以很好地搭配食物，而且有很好的陈年能力。"

在 Highfield 葡萄园里，我看到一个有机标志的牌子。Alistair 告诉我，他们花了三年的时间把葡萄园变成有机的。

有机葡萄园是指采取有机种植法，一概不用化学肥料和农药，而采用天然的物质做肥料，如海藻、牲口粪便和植物混合肥料。

Alistair 去过上海、北京、广州，谈到对中国的印象，他说现在的中国太

Alistair 经常带着他的爱犬一起工作

Highfield
高地酒庄：品要做个艺术家

令人疯狂了。比如第一次去中国跟第二次去就隔了三年时间,可就是在这三年的时间里,发生了很多变化。如果他不是已经成立家庭的话,或许会去中国闯荡。

这两次去中国,他都是去开拓 Highfield 在中国的市场,但是要打开中国市场,Alistair 认为还需要较长的时间,因为中国人对欧洲葡萄酒较为偏爱,而对新西兰葡萄酒并不熟悉。

他说中国人在选择葡萄酒的时候似乎偏爱红葡萄酒,而且用作礼物的比较多。不像欧美消费者,喝葡萄酒变成日常生活的一部分。

Alistair 给那些热爱葡萄酒的人的一个建议就是,从食物和葡萄酒的搭配开始。比如,同样的食物搭配不同种类的葡萄酒,或者同样的葡萄酒搭配不一样的食物。你会发现不同味道和香气的交织反应,完全改变了你对食物和酒原本的印象。

Alistair 说上大学的时候,学的是艺术与管理。他的父母希望他能成为会计,这样好找工作,而他自己则想成为导演或者酿酒师。

最终他选择了酿酒,"因为酿酒是种多角度的创造,能最大限度地激发人的创造力。在酿酒过程中,你可以是个艺术家,也可以是个科学家。而我不太喜欢科学的东西,所以我选择做个艺术家"。

比如说酿酒就是个艺术创造的过程,葡萄在自然的环境里需要一年时间成熟,然后让它们在橡木桶里慢慢地发酵陈年,有的好酒甚至陈年十年以上才饮用。比如在 Highfield 酒庄,Sauvignon Blanc（长相思）就用旧的橡木桶陈年,因为这样就没有橡木味,却增加了酒体和复杂性。

"总之,酿酒师更像个艺术家,调配各种因素,包括时间,酿造出最好喝的葡萄酒。"

Alistair 工作的时候,他六岁半的大狗 Cooper 就一直在酒庄旁它自己的窝附近。有时候 Alistair 会从办公室出来看看它, 放开它让它跑几圈。Cooper 性格活泼,Alistair 说只要放开它,它就可以一直跑一整天。

Cooper 所做的最淘气的事情就是咀嚼他家马匹的尾巴,最爱做的事情就是追苍蝇和蛾子,当然还有鸟。Alistair 笑道:"这让 Cooper 有点像猫。"

我问 Alistair 为什么给它起名叫 Cooper,他说,Cooper 有两个意思:一个是做橡木桶的人,一个是澳洲有种啤酒就叫这个名字。

不忙的时候,大部分时间他都会陪四岁和两岁的女儿,带她们去划船、打高尔夫以及喂家里的两匹马。

总之,Alistair 说现在的他过着年轻时想要的生活,不是刻板地做个会计,而是做个艺术家,虽然没有拍电影,但是酿酒也给他带来了很大的成就感,"总之要做个艺术家,快乐地生活"。

在酿酒过程中，你可以是个艺术家，也可以是个科学家。而 Alistair 不太喜欢科学的东西，所以选择做个艺术家。

Gibson Bridge 吉布森桥酒庄：
城市商人的"田园退休梦"

Howard 说："打理一个葡萄园实在是太累了，将来要把这个酒庄卖出去。"

"可是这是你的梦想啊！"

"是的,但我已经实现了,我已经厌倦了每周七天都要工作,每天早上六点半起床,还有,我和 Julie 从来没有在外面吃过午饭。"

六十六岁的他,说起这些来,显然有发泄过后的快感。

2004年的 Howard 还身在新西兰最大的城市奥克兰,一日他与妻子 Julie 商量,要把手上的生意卖掉,然后找个远离城市喧嚣的地方开始退休生活。Howard 最理想的退休生活状态就是"小桥流水人家,枯藤夕阳西下"。

在居住的场所能听到潺潺溪流的水声,能看到四季的更迭,那是再好不过的。同时,如果能发挥余热,在田园生活之余再继续创业,那就更好了。

再也没什么比 Gibson Bridge 葡萄园的所在地更符合他的梦想之地了。那急急奔流的小河,清澈明亮。流水声能把人的一切烦恼都能带走似的。就是这里了,就是这 2 公顷的地方,就是 Howard 退休生活的开始。

Gibson Bridge
吉布森桥酒庄：城市商人的"田园很休闲"

然而那个时候，上面一棵葡萄树都没有。用 Howard 的话说，就是个垃圾地，上面长满了杂草。他说这些的时候，我看着异常整齐的葡萄园，无法想象它最初的模样。

"我就是个完美主义者，受不了任何的不完美，你在葡萄园看到的一切都是我亲手建起来的，葡萄园周围的栏杆、那座小桥、每棵葡萄树，还有我自己的房子，都是我一点一点建造的。"

确实，我从来没看过哪个葡萄园的草地如此整洁，一棵杂草都没有。只有在完美主义者的眼中才容不得半棵杂草。

河边的房子和河上的小桥以及葡萄园的标牌都是 Howard 亲手建造的，他是个完美主义者，事必躬亲，努力而又认真地经营着这片葡萄园。

在完美主义者的眼中同样也容不得别人干事情不完美，所以当我问到"既然你们这么累，为什么不去雇个人帮你们打理一下"时，Howard 回答说："这个年头你很难信任别人，尤其涉及金钱的问题，并且雇来的人做事情肯定没有我自己这么尽心尽力。"

我想这样事必躬亲的态度也是让 Howard 觉得很累的原因吧，所以现在的他打算放手，想把葡萄园卖掉，然后自己再帮新老板做管理。

"我真的是太累了，我的四个孩子、六个孙子孙女都在奥克兰，而我们却在这儿。我也很久没有去航海没有去碰我心爱的高尔夫了。我不想每天在这儿，然后死在这里。就守在这里过日子，不，这不是我想要的。我还没有去过中国，没有去过南非。我已经厌倦了每天辛勤地劳作，却没有一点放松的时间。"

不知道几年后，他会不会真的把葡萄园卖掉去周游世界。采访结束后，他让我在他的葡萄园里随便走走，去拍我想拍的照片。我看着夕阳下，小桥边，溪水潺潺，美丽的花园洋房，还有在溪水边流连的野鸭子，我想这美景，谁能舍弃？

离开的时候，他给我拷贝了点照片，他一边找照片一边说："抱歉，我对电脑不是很熟悉！"我们在忙乎采访事情的时候，他的妻子Julie一直在品酒室里接待客人。看得出来，酒庄的生意真的是将两个退休老人的时间占据得满满的。

游客到葡萄园参观，经常第一个出来迎接的往往是只可爱的小狗

葡萄园每一行柱子上都标有数字,这是为了方便种植专家的管理。

不凡酿酒人

葡萄园里
的生活

Forrest 福瑞斯特酒庄：
科学家夫妇的酿酒试验

在 Blenheim 没有几个人不知道 John Forrest，他有着令人仰止的博士头衔——生化学博士。这可是目前马尔堡地区酿酒师以及酒庄老板中最高学历了。

说起当时为什么选择了葡萄园，John Forrest 的妻子 Brigid Forrest 告诉我，这一切都是机缘凑巧。

她和老公是在读大学的时候认识的，他们都是新西兰奥塔哥大学生化系的学生。对葡萄酒的兴趣，源自 John 去美国南加州做博士后的一个调查项目。南加州的阳光和美酒融化了这对情侣，他们开始品酒，开始对葡萄酒产生了浓厚的兴趣。

是什么样的化学反应，让这看上去不起眼的小葡萄产生如此多变丰富的味道呢？

这样的兴趣在夫妻俩在澳洲找到工作后，变得更加浓烈了。因为对家乡的思恋，John 决定回新西兰北岛的 Palmerston North 参与政府的一项关于新西兰植物的调查，但是 John 在这项调查进行的过程中变得非常沮丧。

"因为没有足够的钱,让事情运转。"Brigid 说。所以他们那个时候唯一的乐趣就是去 Hawkes Bay,Brigid 哥哥的苹果园里,暂时远离工作的烦恼。

阳光、果园、海风,这一切让他们想起了在南加州的美好时光,那里的葡萄园,那美味绵长的葡萄酒。这样的人生才是惬意的,才是值得让人拥有和奋斗的。

Brigid 告诉 John,如果你现在的工作不开心,为什么不换一份?为什么不让自己开心点?

最后他们决定就在 Hawkes Bay 先买点地,种葡萄。因为在这里度周末的时候,他们认识了很多的酿酒人。这让他们对转变自己的职业充满了信心。这些人告诉他们,也许葡萄酒产业将来会是新西兰重要的支柱产业。

又过了一段时间,1988 年,Brigid 和 John 回到了 John 的家乡南岛马尔堡的 Blenheim 参加 John 妈妈的六十周岁生日,在这个过程中,他们考察了 Blenheim 的土地情况,于是决定购买现在 Forrest 酒庄的土地。

"可是当时 John 不是缺钱吗?你们怎么有钱去买这些土地的?"

"那个时候我在一家药厂有一份全职工作,并且那个时候的土地也不像现在这么昂贵。"

现在看来,当时的决定是正确的,因为现在的土地价格已经涨了很多。Brigid 说,最重要的不是土地的升值而是人生的完全改变。

他们全身心地投入葡萄园的运作和工作中来。

Forrest
福瑞斯特酒庄：科学家夫妇的酿酒试验

"一开始，最为困难的就是卖出自己的产品。"Brigid 说。

酒香也怕巷子深。

虽然产量不多，就几百箱。但是怎么卖出去这几百箱酒也是个很大的问题。偶然的机会，一个英国的红酒销售公司看中了 Forrest 的酒，酒在英国卖得不错，从那个时候起，事情开始有了转机。

他们的酒先后卖到美国、加拿大和澳洲等，酒庄开始盈利，而且一年比一年好。于是科学家夫妇开始尝试酿出更多口味的酒。现在的 Forrest 共有 20 多个种类的酒。

Brigid 和丈夫 John 以及女儿 Beth 喜欢尝试酿不同风味的酒，他们敢与发现与创新，这对科学家夫妇在属于自己的土地上酿造属于自己的梦想。

"你们是怎么做到的，酿造这么多口味的酒？"

"因为 John 喜欢做实验，他喜欢尝试不同的化学反应，最后会带来什么样的味蕾体验。"

这也许就是科学家的实验精神。

"John，你觉得酿酒更偏重于科学还是艺术？"

正从办公室路过的 John 被我逮了个正着。

"这需要两者的平衡，如果纯粹是科学实验，那这样的酒多少让人感觉单调。如果仅仅是艺术的想象而缺乏科学精神的话，这样酿造出来的酒不免单薄。"

看来精确的科学家也需要艺术家的想象力和鉴赏力来酿造好酒。

现在的他们想把更多的精力放在新市场的开拓上，比如中国。Brigid 告诉我她去过中国几次，到了北京、上海、广州等城市，感觉这些城市还在成长中——到处在修路，在建设高楼大厦。

John 则去过更多的城市，而且每隔几个月他就要去中国一次。John 说他很重视中国市场，但是开拓中国市场最为困难的并不是语言，而是习惯和缺乏对葡萄酒的了解。他希望将来有更多的中国人了解葡萄酒，并且把品酒看成日常生活中的一部分。

让 John 推荐他酿造的酒中他最偏爱的一款，John 说，那一定是 Doctor's riesling。因为这款酒酒精度数低，并且很好地将果甜和单宁的酸味平衡，体现了马尔堡的风土特性，让人喝过难忘。

现在他们的三个孩子中有两个已慢慢地参与到酒庄的管理中来，大儿子现在在国外做自己的事情。二女儿则在澳洲学习酿酒后，去了英国、法国、澳洲等地工作，现在在离家不远的另一个酒厂工作。Brigid 说女儿会回来工作的，当有一天她自己准备好回来的时候。而小儿子则在酒庄做市场营销方面的工作。

"希望将来这三个孩子能齐心协力把酒庄做好。"Brigid 说，"当然，如果他们不想做酒庄，他们可以选择自己喜欢做的事情，我们不想让孩子们觉得他们必须要这么做。"

可以看得出他们很繁忙，访问期间很多人找 Brigid 签字，谈工作事宜。而 John 也在忙着配合市场人员拍照片、录影像来宣传酒庄。

科学家夫妇终于在属于自己的土地上，酿造出了属于自己的梦想，试验着各种风格独特的葡萄酒。

在品酒室外享受阳光的顾客

庄主John慢慢开始让女儿接手，负责酒庄的管理和运营。

游客可以在酒庄品酒室内品酒，也可以在室外打球和骑行。

Bouldevines 宝蔓酒庄：
在逆境中前行

Janey Walsh 朴实得不像个女庄主。

她一直和员工一起在品酒室接待客人，不是所有的庄主都是这么亲力亲为的。

Janey 说："在品酒室跟顾客聊天让我能直接地了解他们对我们酒的评价，让我知道我们的酒有哪些可以改进的地方。"

进入葡萄酒行业，是 Janey 之前完全没想到的，这完全是因为婚姻带来的。

Janey 和老公 Philip 是经人介绍认识的，那个时候，Janey 和 Philip 都才二十岁左右。经过几年的相处后，两人结婚了。

"你觉得你老公最吸引你的地方是什么？"

"说实话，我也不知道，我们相处得很好，然后就这样自然而然地走在一起了。"

Philip Walsh 是 Bill Walsh 的儿子，也就是把自己的部分农场卖给 Highfield 酒庄的爱尔兰 Walsh 家族的第三代。

Bouldevines
宝蔓酒庄：在逆境中前行

当年父亲 Bill 想创立自己的葡萄酒品牌，却因为缺乏资金而没有成功。能够完成父亲的心愿创立属于 Walsh 家族的品牌，一直是 Philip 的梦想。一开始跟这个地区很多的葡萄园主一样，把自己种植的葡萄卖给大酒厂。

生活虽然平淡，但是幸福。直到一场突如其来的事故打乱了他们的生活。

Janey和丈夫 Philip 在花园里，丈夫由于事故导致双腿致残，只能坐轮椅度过下半生，因此酒庄的工作落在女庄主 Janey 的身上。

这场事故的到来彻底地改变了这个家庭，Philip 双腿致残，他只能在轮椅上度过下半生。

而 Philip 是个酷爱体育的人，他热爱摩托车比赛，还曾经到美国参加比赛。再也不能继续心爱的体育运动，这对他来说无疑是个残酷的打击。

提到这次事故，Janey 说："确实很难，平常的日子，一下子发生翻天覆地的变化。还好，我们的儿子这个时候站了出来。"

是的，这次事故并没有打垮这个家庭，而是让他们更加团结。

事故后的 2005 年，他们决定创建自己的葡萄酒，一方面是为了完成他们的梦想，另一方面也是保证家庭经济收入更可靠更稳定。于是 Janey 和 Philip 的两个孩子都参与到酒庄的创建上来。儿子 Jeremy 在大学学习完酿

家族农场的第四代接班人 Jeremy 在大学学习酿酒专业后，回来管理这片葡萄园。他带着他领养的猎狗 Sprig 正在葡萄园查看葡萄生长的情况。

酒专业后，便管理着家里 32 公顷的葡萄园，从 1935 年 Walsh 家族拥有这片土地开始，Jeremy 是家族农场的第四代。

Janey 说，创建自己的葡萄酒品牌最难的就是找到市场，直到今天，他们还在努力地解决这个问题。

"我去过中国两次，我们想把酒卖到中国去，我的儿子 Jeremy 才从中国回来，去了北京登了长城，见了一些经销商，希望明年能将我们的酒卖到

Bouldevines
宝蔓酒庄：在逆境中前行

中国去。中国市场确实很大，但是因为语言和文化的问题，要进入中国市场不是那么容易，我有个朋友在中国做生意，我们希望他能够帮助我们。"

在吵闹的咖啡馆里，听 Janey 温暖柔弱地说着她的故事，她话语不多，所说的一切都很平淡，不论是说到丈夫的事故还是说到酒庄经营上的困难。

谈到孩子的时候，她的语气明显柔软了很多，酒庄的品酒室里摆着女儿的画作，儿子 Jeremy 则是帮助家里打理葡萄园。

现在 Jeremy 经常带着他领养的猎狗 Sprig 到葡萄园去检查葡萄的生产状况，与从纽约来的酿酒师 Andrew 一起酿造最好的酒。他们还出了一款酒，并以猎狗 Sprig 的名字命名。

Janey 告诉我，无论现在多么艰难，都会坚持把 Bouldevines 做下去，因为这是他们的希望。

我去他们办公室拷贝资料的时候，跟坐在轮椅上的 Philip 打了个照面。他留着长发，酷酷的，跟照片上看到的完全不像，他很独立，看起来也很健壮，在他身上完全找不到行动不便的影子。

正如酒庄放在网站上的一句话："把不幸当财富"，换个角度来看，不幸就是前进的动力。Janey，希望你们一切都好，明年能把酒卖到中国去。

Bouldevines 灰品诺，甜润怡人，散发着丰富清新的酒香。酒香中有香料和蜂蜜的香气，微微泛着水果以及鲜花的清香。

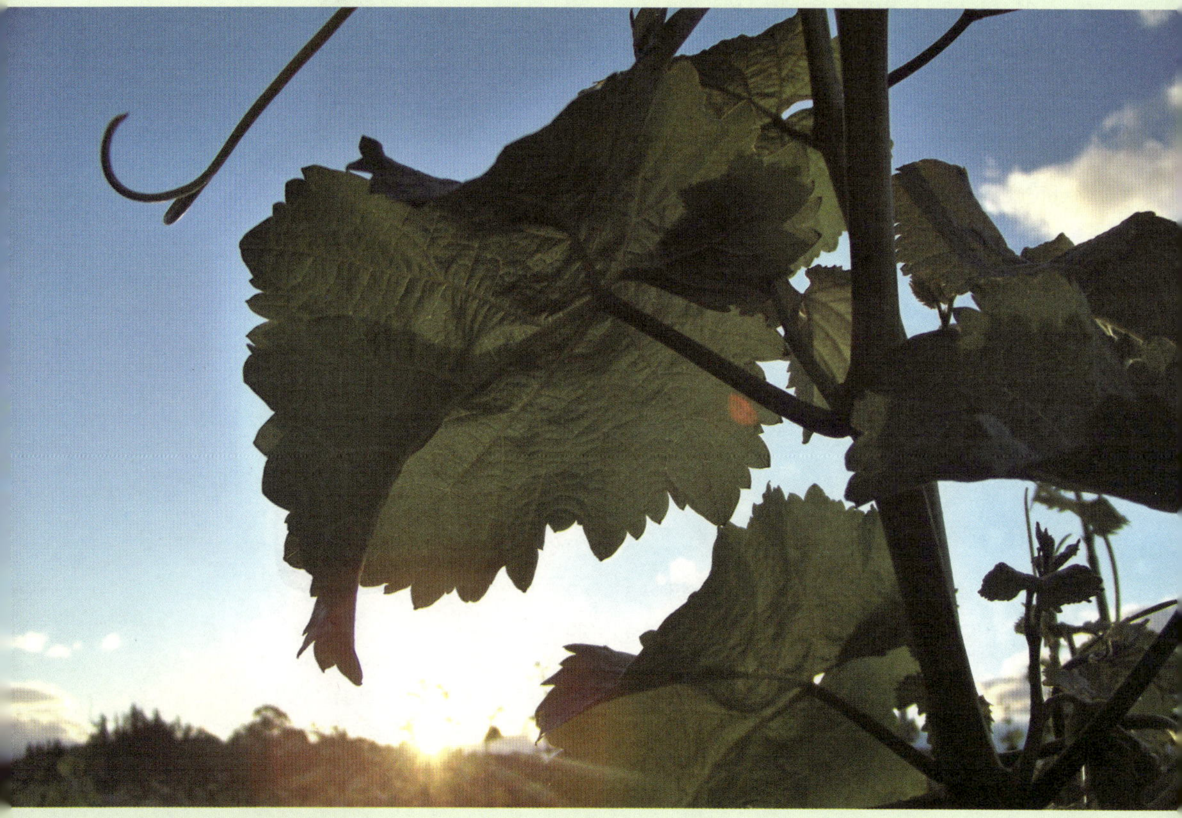

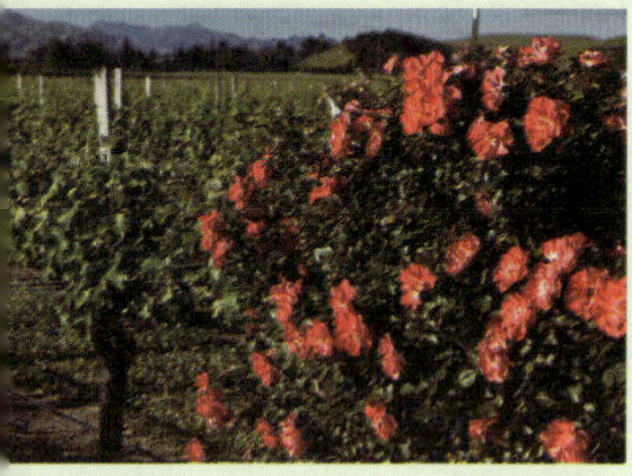

葡萄园入口处，从这里通往酒庄，这片广阔的 32 公顷葡萄园每年出产许多美酒，女庄主希望这些美酒能销往中国市场。

遇见酿酒人

Hunter's 亨特酒庄：
女掌门的杯酒人生

  Jane在二十七岁的时候，丢掉了工作，看不到前途。

  之前她在澳洲的工作是成功的，至少让她很有成就感。

  虽然在大学里学的是农业，但是当她拿到学位回到家里的葡萄园准备工作的时候，Jane 的爸爸却说，家里的葡萄园还没大到可以容纳下他们两个人。

  于是 Jane 只好再回到大学修读了一个教师文凭，并在大学的农业和商业管理函授中心找到了工作。她负责写材料，并且到监狱里去教授园艺学和商业管理的课程。

  函授课程很成功，新西兰政府决定借鉴澳洲的这一做法。他们请 Jane 来新西兰的首都惠灵顿开展与澳洲类似的课程。可是在新西兰工作的这六个月里，一切都显得不顺利，她不得不承认在这项工作中自己失败了。

  于是，二十七岁，没有工作，在异国他乡，她想首先应该是生存下来。

  也许自己当老板是个不错的选择，也许是时候为自己做些事情了，比如开个属于自己的咖啡店。

Hunter's
守猎酒庄：女掌门的杯酒人生

她在报纸上寻觅店铺的招租信息。终于在惠灵顿的北部找到一家小店，她决定租下它。

Jane的父亲过来帮忙装修并且购买一些开店用的物件。咖啡店开张了，她身兼数职：服务员、厨师、老板。直到有一天她忘记关炉火，差点引起了火灾，她才意识到自己是太累了，该需要休息一下了。

真正让她下定决心给自己放个长假的是Jane在大学里的一个朋友的到来。她的这位朋友正在为美国总统的竞选活动服务，他提议Jane跟他一起去工作两个月。

在美国工作的两个月里，她见识到了很多东西，回到新西兰后的Jane决定卖掉咖啡店。一方面是因为美国的经历让她很难再专心经营咖啡馆，一方面是身体上的问题。长年累月的弯腰工作，让她的背部开始受伤。即使二十多年过去了，她的背部还是会疼，这都是缘于短暂却忙碌的咖啡馆工作。

她再次面临人生的抉择，没有咖啡店，再次没有工作，再次需要找别的出路养活自己。

她在报纸上看到当时新西兰最

女掌门人Jane在丈夫车祸去世后，独自经营着这片葡萄园完成丈夫未完成的事业，成为新西兰葡萄酒行业的第一女士。

大的酒厂——Montana——在马尔堡地区招聘葡萄种植管理人员。于是Jane投了自己的简历，在家里等待消息。最后她成功了，兜兜转转还是找到了与葡萄有关的工作，尽管此前她下决心再也不去葡萄园工作了。

那个时候的马尔堡还没多少受过高等教育的葡萄种植管理人员，而且Jane还是为数不多的女性葡萄种植管理人员。

这让Jane在当时马尔堡地区迅速"出名"了，人们都叫她"Montana女士"。

对"Montana女士"有"特殊"兴趣的是一位来自爱尔兰的年轻小伙子Ernie Hunter，他在新西经营旅馆生意多年，偶然的机会来到Blenheim买下了26公顷的土地，并把它变成葡萄园。他开始酿造自己的葡萄酒，并且开着卡车到处推销自己的酒。

他想方设法地提高自己酒的知名度，于是他想开一个评酒会让业界的朋友来尝一下他的酒，还可以顺便邀请自己感兴趣的人，比如"Montana女士"。

于是在一个冬季的夜晚，Jane最后一个出现在Ernie的品酒会上。当他们在酒会上互相介绍的时候，Jane说，她一下子就被这个年轻幽默带着强烈爱尔兰口音的小伙子给吸引住了。是的，他们一见钟情。

一年后，1984年5月，他们结婚了。Jane说，如果知道以后会发生那样的事件，她会同意和他早点结婚的。

婚后，Jane还是在Montana工作，而Ernie则还是四处去推销他的酒，Ernie意识到单纯依靠新西兰国内市场是卖不了多少酒的，必须要出口。而这个时候是酒庄最困难的时候，缺乏资金，没有市场，Ernie经常晚上工作到凌晨，他在构思市场营销的策略。

1987年，许久没有度假的Jane和Ernie决定去澳洲Jane的父母家度假，一周后，Jane决定先回来上班，Ernie则决定到另外一座城市去推销他的酒。

三十三岁的Jane没想到这一别竟成永别。

Hunter's
守猎酒庄：女掌门的杯酒人生

Jane 在查看葡萄的质量，每件事她都亲力亲为

在从另一个城市回来的路上，Ernie 的车和一辆大卡车相撞，卡车司机受了轻伤而 Ernie 则永远地离开了这个世界。

噩耗传来的时候，Jane 无法相信这个事实。没人的时候，她就一个人躲到葡萄园里哭，葡萄园的命运将来怎么样谁也无法预料。是继续这个葡萄园，还是卖掉它回到澳洲自己的家乡，Jane 一直在犹豫。

最后她决定还是接管葡萄园，因为这是她丈夫未完成的事业。她觉得这是欠了他的。

她开始做以前不喜欢的事情，比如坐飞机去海外，比如和陌生人聊天，还有当着众人的面讲话。这些都是为了让更多的人知道 Hunter 的酒。她渐渐地代替丈夫变成 Hunter 的象征，现在的每瓶酒上都有她抱着爱猫的照片。

二十多年后，她成了新西兰葡萄酒行业的第一女士，成了新西兰葡萄酒的一张"名片"。

Jane接管酒庄后，工作十分忙碌，一年中的三分之一时间都在海外。酒庄在她和团队的共同努力下，知名度越来越高。

坐在干净整洁的办公室里的Jane，说起往事的时候是笑着说的，说到意外去世的丈夫时，已经平静到捕捉不到一丝波动，一边说一边还把摆在她办公室里的老照片拿给我看。那是她丈夫Ernie三十多岁的样子，年轻、帅气，充满活力。

在短短的访谈期间，感觉到她是个温暖的女人。她说作为领导人必须要赢得尊敬而不是你在这个位子上，别人就要尊敬你。而且今天取得的成就也离不开家人和朋友的支持——她的姐夫现在担任市场工作，侄子是酒庄的酿酒师。她和澳洲的家人关系也很亲密，做重要决定的时候，他们总是为她出谋划策。

这么多年，大家总是在问Jane为什么没有再婚。Jane说不是她不愿意，是工作太忙了，一年中的三分之一时间是在海外，而且她没法做到工作和家庭兼顾。

"幸运的是，现在我已经找到了人生中的伴侣，他是一位生物学家，也有自己的公司，我们有很多相似的经历，比如他和我一样为了生意经常到国外去，他能给我提很多建议，关键的是我跟他在一起非常放松。"

热爱旅行的她现在不再是一个人出去，多了伴侣的分享，旅行变得更有趣。最后，她推荐了Hunter's Gewurztraminer，"这款酒芬芳宜人，也很搭配中国食物"。

炎炎夏日，在浓密的树阴下品酒聊天，不失为一件美事。

种植和酿造过程中团队精神必不可少。

遇见酿酒人

Allan Scott 艾伦·斯科特酒庄：
快乐的酿酒家族

去 Allan Scott 酒庄的时候，正下着雨，有点冷，Blenheim 的 4 月已经是秋天了。

进入酒庄说明来意后，一名工作人员告诉我，正好 Allan Scott 在品酒室。

短暂的见面后，约好了再次来访的时间。Allan 高大、儒雅、谦和，再次去酒庄的时候，他带我参观了整个酒庄，告诉我他的故事。

Allan 出生在南岛的一个农场，1973 年他和妻子 Cathy 准备定居在 Blenheim。而此时大酒庄 Montana 正准备在 Blenheim 开设酒厂，于是 Allan 在 Montana 找到了一份葡萄园的活——种葡萄以及拆掉篱笆、除草等杂活。因为工作勤快，一个月后，他就被提升为葡萄园的工头。随后又被提升为 Montana 酒厂其中一块葡萄园的监工。七年后，从小工做起的他被猎头公司挖到另外一家大的酒厂 Corbans，协助他们在 Blenheim 建立 Stoneleigh 酒庄。两年后的 1983 年，他就成了该酒厂的总经理。在 Corbans 工作了几年后，Allan 决定辞职做自己的事业。一开始他并没有想创立自己的

Allan Scott
艾伦斯科特酒庄：快乐的酿酒家族

葡萄酒品牌，他只是成立了顾问公司，专门给一些葡萄酒庄做顾问。

在早期刚和妻子来 Blenheim 定居的时候，他们就买了一块葡萄园，并且是一些酒厂的签约种植户。而此时在大酒厂十几年的工作经验让 Allan 觉得是时候开始建立自己的葡萄酒品牌了。

1990 年，他们发布了自己的葡萄酒品牌——Allan Scott，这是妻子的主意："当我在为起名字感到麻烦的时候，Cathy 说干脆就叫用你自己的名字吧。"

"你觉得建立酒庄困难吗？"

"实际上我们没觉得有多困难，感觉一切都是水到渠成的，我们有自己的葡萄园，我熟悉葡萄的种植。另外，我在大酒厂工作的时候也接触到酿酒。所以一切都不是问题。"

Allan 显然是个乐天派。

"可是很多酒庄创始人都说一开始最为困难的就是怎么能把酒卖出去。"

Allan Scott 和小女儿 Sarah 在葡萄园讨论葡萄的生长情况，Sarah 在酒庄负责葡萄的种植和管理。

Allan Scott 和他的妻子、儿女们一起经营酒庄，这是个名副其实的酿酒家族，他们真心喜爱酿酒事业，希望有更多的人了解他们的酒。

　　"因为我有大酒庄的工作经验，也接触到很多酒商，所以当我自己做酒的时候，凭借我跟他们的关系，他们直接找到我说他们要卖我的酒。我想在这一点上我可能比较幸运。"

　　就这样酒庄越做越好，Allan 的三个孩子也伴着酒庄成长。Allan 说，现在三个孩子已经成为酒庄不可缺少的一分子。

　　大女儿 Victoria 做市场方面的工作，儿子 Josh 是酒庄的首席酿酒师，小女儿 Sara 则负责葡萄种植和管理。只是儿子 Josh 除了酒庄的工作外，还创立了自己的啤酒品牌 Moa。

　　这是个名副其实的酿酒家族。看着他们一家在网站首页上的照片，感觉很像电影《暮光之城》中的帅气又靓丽的爱德华一家。

Allan Scott
艾伦斯科特酒庄：快乐的酿酒家族

"你有没有逼着孩子们去做自己不想做的事情，比如儿子是真的喜欢酿酒还是不得已去学的？"

"没有，他是真的喜欢酿酒，十三岁那年，他就自己在酒庄偷偷地酿造啤酒，虽然味道一般，但酿造出好的啤酒也成了他人生中的一个很大的目标。"

和孩子们一起工作，让他很有成就感。

"我觉得自己很幸运有这么好的一个家庭，能够顺利地做自己的事情。但是现在酒庄的竞争也很激烈，很多家庭酒庄都被一些大型的世界级酒庄收购了，希望我们的家庭酒庄能够一直生存下去。"

去年一个美国的记者在酒庄待了一年，把在酒庄的经历写成了一本书 *First Big Crash*，最近有人准备把这本书改成电影。谈起这本书，Allan 说："写得比较真实，有的地方虽然有点夸张。"

Allan 的爱好是收集老爷车，他说自己曾有辆阿斯顿·马丁跑车，后来卖掉了。去过中国的他对中国的印象是中国人还没有喝葡萄酒的习惯，他说希望将来有更多的人能够知道他的酒。

Allan Scott 在品酒室跟顾客聊天

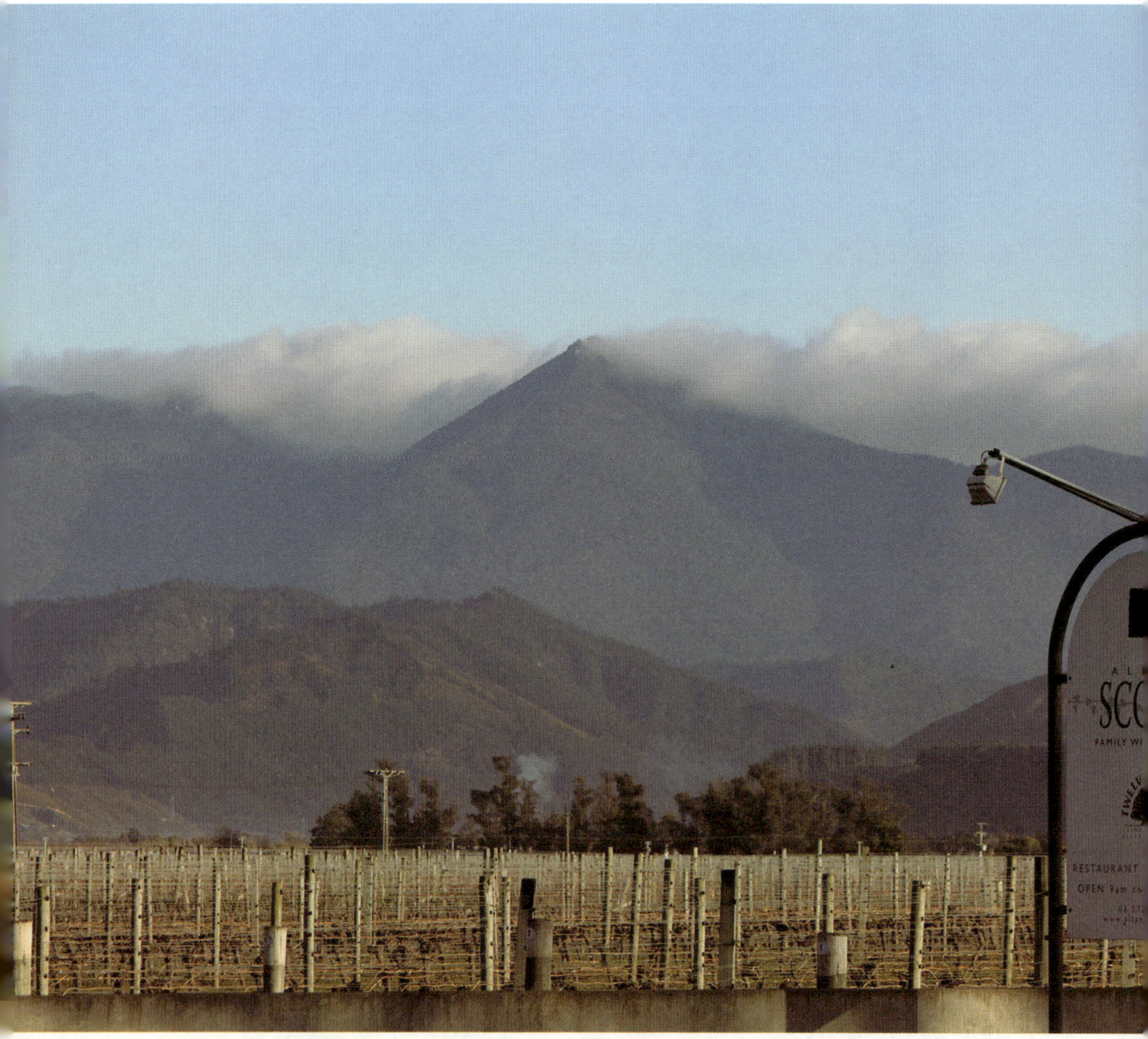
RESTAURANT
OPEN 9am

游客不仅可以参观酒庄,还可以在葡萄园的餐馆里享受美食和美酒。

轻轻摇晃高脚玻璃杯中的浅玫瑰色液汁，一缕说不准是醇香、果香、清香浓缩而成的葡萄酒特色香气，扑鼻而来沁人肺腑。轻抿一口，齿颊留芳。

Johanneshof Cellars
约翰尼索夫酒庄：德国女酿酒师寻梦新西兰

Johanneshof Cellars 约翰尼索夫酒庄：
德国女酿酒师寻梦新西兰

　　Edel Everling 是来自德国酿酒世家的第五代酿酒师。
　　她说酿酒就流淌在她的血液里。
　　她超级热爱旅行，未来的计划是去更多的国家。
　　二十三岁，她一个人来新西兰旅行了一年。在这一年里她爱上了这里，她希望将来能回来。
　　一年的时间里，她把新西兰的南北岛都玩遍了，也遇到了很多有意思的人，比如她未来的生意合作伙伴以及丈夫 Warwick。
　　一年的旅行结束后，她回到德国，决定在大学里攻读酿酒学位。
　　而她在新西兰的朋友 Warwick 此时正决定把他家的农场辟出一部分变成葡萄园，那个时候是 20 世纪 70 年代，Blenheim 还没有多少葡萄园，拥有葡萄种植和酿酒知识的人还很少。
　　于是 Edel 建议 Warwick 来德国学习酿酒知识，并且帮助他联系学校和住宿。在南半球遇见的两个年轻人，再次在北半球相遇了。
　　学业结束后，Warwick 邀请 Edel 去新西兰他的葡萄园酿酒。Edel 答应了,两个对葡萄酒充满热情的年轻人,决定创立属于自己的品牌。

　　创业的过程总是充满了艰辛,Edel 在异国他乡,她想的首先是要挣钱养活自己,然后利用业余时间和 Warwick 酿造自己的葡萄酒。

　　可是,尽管她拥有酿酒学的学位,还有从小就在葡萄园长大的背景,在十一个月的时间里,60 份简历投出去后,她仍然没有收到多少回音。唯一的一份是 Cloudy Bay 的面试,而面试的时间只有短短的三分钟。后来就再也没有消息了。

　　这让她很沮丧,身在异乡,操着不同的语言,有着专业知识,却不能找到工作养活自己。

　　在这十一个月里,她都在 Warwick 的葡萄园里帮忙。但是要建立酒庄和酒厂却需要大量的资金,光靠 Warwick 一个人的工资还不够。于是 Edel 去大学学习一个短期的商业课程,最后终于在当地的一家公司找到了工作。

　　两个人都有了稳定的收入后,他们开始投入酒庄的建设中来,酒庄的名字来自 Edel 父亲的名字,而酒庄的商标则是德国剪纸艺术家的作品,Edel 用这个作品是为了表达无论在什么时候和什么地方,人们都能享受葡萄酒。

　　Warwick 家的房子依山而建,葡萄园也是分布在山丘上。于是 Edel 想到何不利用地势建个地下酒庄,这样的话就是自然条件下的恒温,而且地下酒庄也不用担心光线问题,因为高温和强

来自德国酿酒世家的 Edel 和她的爱狗。

Johanneshof Cellars
约翰尼斯夫酒庄：德国女酿酒师寻梦新西兰

光都能杀死酵母从而导致葡萄酒发酵的失败。

于是，马尔堡地区唯一天然的地下酒窖，在1993年经过几名矿工的辛勤劳作后，建成了。

Edel说起这个酒窖时很自豪，她还特意让一名员工点亮酒窖里的蜡烛，带我进去参观。

酒窖里的墙壁全部都是岩石，没有浇灌混凝土，你甚至可以触摸到岩石上的绿藻，厚厚的一层。这几天正碰上Blenheim连续的大雨，所以酒窖的墙顶还在不停地滴水。

然后她在酒窖里给我讲起了香槟酒的酿造过程。一瓶香槟酒从开始酿造到可以饮用需要五年的时间。这就是人们常说的，好的东西都需要耐心和时间。

首先要把手工采摘的葡萄取汁，初步澄清后，在橡木桶里进行第一次发酵，之后便是调酒师的勾兑，在这一过程中调酒师不断地品尝，通过调节不

酒庄出产的琼瑶浆获奖无数，瓶盖一开荔枝与花香就扑鼻而来，圆润浑厚的口感，淡淡的果甜带出白葡萄酒应有的酸度，和名字一样很适合女性的口味！

同成分的含量，使自己特有的风格显现。调配好后，再添加蔗糖和酵母进行第二次发酵。而 Johanneshof 的香槟发酵过程就是在这天然恒温的地下酒窖进行的。发酵的过程漫长并且需要大量的人力劳动。因为发酵后的酵母会死去，沉入瓶底产生沉淀物，为了清除沉淀物，这些发酵后的香槟酒会放在"A"形架子上，每天早晚各两次都有人定期地顺着一个方向翻动酒瓶，直到死去的酵母全部被转到瓶口。

看着酒窖里的这么多瓶子，我在心里感叹，这真是件耗时巨大、充满耐心的工作。最后在漫长的几年时间后，死去的全部酵母堆积到瓶口。这时就可以装瓶了，装瓶时，将瓶颈浸入零下温度的液体中，这样瓶口含有死去酵母的酒会被冻住，再打开瓶塞。此时，瓶中发酵产生的二氧化碳气压会将上层的部分酒液喷出。这些损失的酒液，会被补上。

听完这些，才知道原来一瓶酒的酿造需要这么多时间和坚持不懈的劳动。顿时觉得以后喝酒真的要学会品，才对得起酿酒师们的劳动。

讲完香槟酒的酿造，Edel 又带我看了她私人收藏的葡萄酒，都是她去世界各地旅行的时候买的。"有些酒现在已经变得很珍贵了，比如 1982 年的法国葡萄酒。那年真的是个好年份。"

酒窖主要功能是储酒，储酒区空间要适当，并且要达到最基本的葡萄酒储存条件即恒温恒湿，还要保持空气流通并做好保温防潮处理

Johanneshof Cellars
约翰尼斯夫酒庄：德国女酿酒师寻梦新西兰

Edel 在酿酒室前

虽然感情和酒一样都需要时间来检验，但是对于自己的感情生活，Edel 并不愿意多谈，只说在 15 年前，她和丈夫就离婚了，但他们现在还是生意上的合作伙伴。"你是怎么能平衡这些的？""有时候确实很难。"Edel 大笑着说。

现在的生意合作伙伴，前夫和现任老婆住在酒庄，而她则住在离酒庄不远的一个港口小镇 Picton。她说很享受小镇的生活，因为她正在学习航海。未来则希望更多的人能欣赏她的酒，并且希望去没去过的国家，比如中国。

061

夏季的半山葡萄园，工人正在采收葡萄。酿造优质葡萄酒的葡萄，很多生长在很贫瘠的土壤里，由于表层缺少水和养份，葡萄藤为了生存，会把根扎到深层土壤里，在吸收水份的同时，也会吸收深层土壤里的矿物质，用这样的果实酿造的酒，风味多变。

葡萄园和品酒室

Drylands 德拉兰酒庄：
从消费者的味蕾出发

约 Darryl Woolley 采访的时候，跟去其他酒庄不一样。别的酒庄都是工作人员直接帮我联系采访人、约定采访时间。而在 Drylands，接待台的人员，直接在电脑上找出他每天的计划安排，精确到每个小时。透露出大公司才有的做事态度：计划和安排。当找到两个星期后周一下午 1 点半有半个小时的空缺，于是我的采访就成了他日程表上的一个未完成事项。

见到 Drylands 的首席酿酒师 Darryl Woolley，你会感觉到他谦和、平易近人。在我采访 Johanneshof 的德国女酿酒师 Edel 的时候，她看到 Darryl Woolley 的名片时，说"他人非常好"。

这可能就是他的人格魅力。

1978 年，Darryl 从澳洲到新西兰做了一份 4 个月的假期工作，在这 4 个月时间里，他决定以后要留在这里生活。

"在澳洲生活的地方都是沙漠，来到这儿看到清水、绿树和纯净的空气，一切是那么不一样，都是那么美好，没有理由不留下来在这片绿地上生活。"

于是，他继续在新西兰的酒厂找工作，并且遇到了自己的妻子。从此，

Drylands
德拉兰酒庄：从消费者的味蕾出发

Darryl真正地在这里定居了下来。

从1982年开始，Darryl就在Drylands酒庄工作。可以说，他见证了酒庄的创始，一直到现在酒庄成为酒业集团Constellation的一员。

Drylands酒庄的创始人Robison家族，也是马尔堡地区较早种植葡萄和酿酒的。1970年的一场大旱后，Robison家族便把这片33公顷的土地命名为"Drylands"（旱地）。

1993年，Robison家族决定把酒庄卖给Selaks家族。但是家族生意想要生存和扩展，所面临的一个很大问题就是资金的短缺——开辟新的葡萄园需要钱、买酿酒设备需要钱、出口渠道的开拓需要钱，等等。于是1998年，Selaks家族将Drylands卖给Nobilo家族。而从2000年开始，Nobilo又变成了澳

从1982年开始，Darryl就在Drylands酒庄工作。可以说，他见证了酒庄的创始，一直到现在酒庄成为酒业集团Constellation的一员。

065

大利亚大的酒业公司 BRL Hardy 的一员。直到 2003 年,美国的 Constellation 收购了澳洲的 BRL Hardy。就这样兜兜转转,Drylands 变成了世界上最大的酒业公司的一员。

"在家族型公司工作和在国际化大公司工作有什么区别?"

"其实工作都很愉快,如果要说区别,可能在大公司里有更多非常职业化的同事。"

在大公司里担任酿酒师的 Darryl,管理着一个酿酒团队。他要决定什么时候开始采摘葡萄、装瓶,还有酿酒团队之间的合作等指导协调工作。比如他一直决定保留酒庄里一片 1981 年种植的葡萄树。一般的葡萄园里的树 20 年左右就要重新种植,因为 10~15 年是葡萄树的黄金期,产量最大。这时的葡萄树,根系发达、枝叶繁茂,能很好地供给葡萄所需要的养分。以后再随着年龄的增加葡萄树的产量就会逐渐减少。但这并不意味葡萄品质下降,为

品酒室内景

了看老龄的葡萄树有什么表现，Darryl 决定保留这些老树，并觉得这些老树酿出来的酒还不错。

"你觉得酿酒最吸引你的地方是哪里？"

"酿酒就是科学和艺术的混合，这就是它最吸引我的地方。你不仅要知道化学反应，还要知道艺术在其中的重要性。不同的人喜欢不同的口味，最重要的是你要从大多数人喜欢的味道出发，而不能仅仅是你自己喜欢的味道。

"比如在英国卖得很好的酒，在美国可能不受欢迎。每个地方人们的消费习惯和欣赏的口味是不一样的。所以我经常去市场跟消费者聊天，问他们喜欢什么口味。对于新兴的市场比如中国，对他们的喜爱的酒的口味，我们还在研究和探索之中。"

虽然 Darryl 没有去过中国，但他告诉我，现在他们已经派人到中国从事相关的市场开拓工作。

"酿酒对我来说就是我的生命，我热爱它。不知道除了酿酒之外，我还能干什么。"

于是热爱酿酒的他，在业余时间和妻子在自家的土地上种植了一小片霞多丽。

"为什么选择霞多丽？"

"因为酒庄里种的大部分是长相思，所以想要尝试不一样的葡萄品种。"

除了酿酒，Darryl 还有个兴趣就是收集英国老爷车。当然在两个女儿还小的时候，一家人出去钓鱼是他周末最享受的事情。

落日下的品酒室

葡萄园里的四季,春天发芽,夏天生长,秋天收获,冬天剪枝。

Rock Ferry 石头渡酒庄：
弃"哲学" 奔"酿酒"

去了两次 Rock Ferry 酒庄，都没有见到庄主 Tom，只见到了市场营销的工作人员 Ang，她告诉我她可以回答任何关于 Tom 的问题。当我问了一些比较私人的问题时，Ang 缴械投降，说帮我联系 Tom。但是最后我始终没有见到忙碌中的 Tom 本人。

在采访了这么多酒庄的过程中，我也看到了不同酒庄创建人及酿酒师的性格。有的庄主很谦和，虽然比较知名，但是很愿意花时间跟我聊聊，有的大公司的酿酒师也很热情，但是有的酿酒师和庄主，我发了很多封 E-mail，最后他们也没有回应，也有的庄主不愿意当面谈，就让我发 E-mail，但是大部分都还是跟我见面聊的。

这次我始终没有见到 Tom 本人，我们的沟通都是通过 E-mail。

Rock Ferry 的故事实际上也是 Tom 的奋斗史。

Tom 对酒的热爱，要追溯到他还在惠灵顿上大学的时候，那个时候他在学校学习哲学专业，课余时间在一家葡萄酒店铺打工，让他开始渐渐地对葡萄酒产生兴趣，并且他也看到了葡萄酒行业将来会成为新西兰的支柱产业，

Rock Ferry
石头渡酒庄：弃"西学"育"酿酒"

于是他决定如果有机会一定要投身到这个行业中来。

学业结束后，他在法国知名的葡萄酒产区波尔多的巴尔萨克镇，找到了一份葡萄园的季节工。在这里他彻底地爱上了葡萄园、葡萄酒、食物以及法国人浪漫悠闲的生活方式。

于是他决定放弃在大学所学，去英语国家学习酿酒专业。他去了美国加州大学戴维斯分校学习了一年，并在美国重要的葡萄酒产地加州纳帕谷找到了兼职。这样一边学习理论知识一边兼职，让 Tom 对葡萄酒的生长酿造了解得更加透彻。

Rock Ferry 酒庄庄主 Tom，大学期间利用课余时间在酒店打工，从而对葡萄酒产生兴趣，便去学习酿酒，回到新西兰之后经过长期的学习积累了经验，成为了优秀的葡萄种植者。

071

Rock Ferry 葡萄园工作人员正在收集剪下来的葡萄枝，在马尔堡的葡萄园里经常能看到牛羊的身影。

　　学习一结束，他就从美国回到了新西兰，在北岛的奥克兰激流岛上的一个酒庄找到了工作。他慢慢学习怎么才能变成优秀的葡萄种植者，并且开始把目光投向慢慢开始发展起来的南岛马尔堡的 Blenheim，他预测这里将会成为新西兰葡萄酒的中心，因为这里有着种植葡萄最佳的气候和环境。

　　"好酒源自好的葡萄果，好葡萄果源自好的葡萄园，好的葡萄园需要好的自然气候条件。"

　　于是 1995 年，他来到马尔堡，买了一些土地，开始为一些大酒庄种植葡萄。这是马尔堡很多家庭型酒庄所走的道路，都是从大酒庄的签约种植户转而做自己的葡萄酒品牌。

Rock Ferry
石头渡酒庄：有"哲学"有"酿酒"

Tom也不例外，在为别人提供了十年的葡萄后，2005年，Tom和妻子Fiona开始创建自己的葡萄酒品牌。

怎么让自己的酒在众多的竞争者中脱颖而出，是Tom一直要努力的。

首先，他在葡萄园上努力，他的葡萄园是很早一批申请有机认证的。因为他一向秉持的"好的葡萄酒最应该体现这片土地最原始的特点"。所以他决定不让任何化学肥料药物影响他的土地。

然后，他在商标的设计上也反映了他热爱自然的一面。Rock Ferry商标是斐波那契数列，又称黄金分割数列。斐波那契数列在自然科学的其他分支有许多应用。例如，树木的生长，由于新生的枝条，往往需要一段"休息"时间，供自身生长，而后才能萌发新枝。

所以，一株树苗在间隔一段时间后，例如一年以后长出一条新枝；第二年新枝"休息"，老枝依旧萌发；此后，老枝与"休息"过一年的枝同时萌发，当年生的新枝则在次年"休息"。这样，一株树木各个年份的枝丫数，便构成斐波那契数列。

Tom说，用这个数列在商标上，也是反映了酒庄对自然和环境的尊重。

在葡萄酒的酿造上，Tom和他的酿酒师Allan也在探索着新的酿酒方法，比如让70%的长相思在橡木桶中发酵，增强了酒的陈年能力。

现在的Rock Ferry不仅在Blenheim有葡萄园，在更南端的中奥塔哥（Central Otago）也有了自己的葡萄园。

至于年幼时的梦想，Tom说是想做个导演，而现在他的梦想是做更好的葡萄酒。

除了工作，他还很喜欢航海，跟家人一起出海，在平静的海面，阳光灿烂的蓝天下，享受一杯冰镇的马尔堡长相思是人生中最惬意不过的事。

整个夏天,绵延的葡萄田从单调的枯色演变成满满的绿色生机,日日不同。生命的气息扑面而来。

夏季在绿意盎然的品酒室外，点一杯美酒，享受闲暇时光。

Yealands Estate 伊兰酒庄：
爱开推土机的"怪老头"

第一眼见到 Peter 的时候，你可能会觉得他就是个个性老头，或许是个艺术家，也有可能就是个渔夫。因为他的银白色头发和圣诞老人式的胡子，以及随意的衣服，让人很难联想到他是新西兰第五大酒庄以及 1000 公顷葡萄园的创建人。

深入交谈后，你会发现他就是他自己"王国"的国王，他在自己的疆土上，制定着属于自己的规则。他豪爽，给员工待遇不菲。为了让员工有更多的归属感，在葡萄园里种的蔬菜、养的鸡下的蛋、养的蜜蜂产的蜂蜜等，他都会作为员工的福利送给他们。他也谦虚、开放，比如他办公室的门随时向所有的员工打开，所有人都可以直接找他谈话，而且隔着透明的玻璃墙，所有人都可以看到他在办公室做什么。

同样，第一眼看到他的葡萄庄园的时候，你也会被震撼，举目望去，十几座山头都是葡萄树。我去的时候正好是金秋时节，满山遍野的黄色在眼前漫开伸到天际，远处是蔚蓝的大海，以及大片的绿地和成群的绵羊，还有园子里传来的轻音乐，这简直就是传说中的世外桃源。

Yealands Estate
伊兰酒庄：爱开推土机的"怪老头"

唯有在开推土机的时候，能全身心地投入思考中去。因为我热爱机器，看着从机器下翻出来的泥土，感觉自己就像个雕塑师或陶艺师，能从一块原始的泥土中想象出一件艺术作品来。我花了几千个小时在开推土机的时候思考，也想到很多很好的主意。因为只有在开推土机的时候，没有人打扰我。

——Peter

而这个世外桃源的缔造者,就住在葡萄园中心一所普通的住宅里。他的传奇故事可以写一本书。事实上,酒庄里就卖着写他的人生经历的传记。他指着书本封面的照片对我说:"从这张照片看,我还是蛮帅的。哈哈。"

十四岁的时候,性格乖张的Peter就从学校辍学了。他在学校和同学爬上校舍的房顶,并且悬挂海盗旗帜。还有一次,Peter居然把一只鸟带进了课堂。种种行为让Peter的老师颇为头疼。

说到这些,Peter有点不好意思。"那个时候开始丧失了对上学的兴趣,所以就决定退学,我想我退学了,老师们应该轻松很多。而且我开始对做生意产生强烈的兴趣。"

因为家里开着个杂货店,也需要人手,Peter的父母也同意了他放弃学业回家帮忙。还是个少年的Peter就开始了他的工作生涯。

一开始在父母的杂货店帮忙,但是当父亲决定卖掉店后,Peter开始寻找别的工作。于是他先后在一家农场当杂工,和别人合作做干草生意及做建筑杂工等等,直到他进入了海洋渔业领域,并成为这个行业的先行者。

但是,成为先行者也就意味着没有经验可以借鉴,甚至连基础的设施都没有。他必须要制造出各种他需要的设备:钢丝网、水泥驳船、支撑多钩长线的塑料浮子。就这样一点一点地,他"建造"了这个行业,也在这个行业里,积累了原始资金。

随后他又开创了养鹿工厂。直到2008年8月,他才打造了自己的葡萄酒品牌。可以说Peter一直在"做事情"的过程中学习。

在关于Peter的传记里记录了一段朋友对Peter没太多接受教育的观点。"正是因为他没有接受过多的教育,他才没有被'毁掉',他的思想才是自由不设限的,没有什么是能做的、什么是不能做的观念。这让他比那些接受过多教育而谨小慎微的人更大胆地去做事。"

这或许是对Peter性格最好的概括,如果用比较俗的说法就是"他的字典里没有'不能做'这三个字"。他认为任何事,只要你想做,就一定能成功,只不过多花些时间罢了。

冬季的葡萄园和 Tapuaenuku 雪峰

"我就是喜欢挑战，当别人说不可能的时候，我就要尝试去做，这难道不是生活的乐趣所在吗？"

比如他开始在这个庞大的葡萄园酿造属于自己的葡萄酒的时候，对葡萄酒产业一无所知。而且 2008 年，当他进入的时候，整个产业不是很景气。当所有人都不看好他的决定时，他觉得这是个好时机。

因为产业不景气，很多很有经验的人丧失了工作，Peter 就利用这个机会招募了大量的人才。"我不懂没关系，重要的是有好的人才，他们的智慧和经验可以把我带进这个产业。而事实证明，一个好的团队是多么重要。短短几年，我们就成了新西兰第五大酒庄，我们的酒现在销往 65 个国家。这些都是员工们智慧的结晶。"

当然这也跟 Peter 的善于用人有关。就像一则古老的寓言所说："一只羊带领的狮群打不过一头狮子带领的羊群。"好的领导人在企业中还是占据着关键的地位的。Peter用人也可以说不拘一格，现在酒庄的首席酿酒师就是年轻的当地女性Tamra。

在葡萄园开创的早期，Peter经常独自一人开着推土机推平一座山头。

"如果你真的愿意做，你就会思考解决问题的方法。我很喜欢想事情，有时候会在夜间没人的时候思考，但早上起来又会忘掉。唯有在开推土机的时候，能全身心地投入思考中去。因为我热爱机器，看着从机器下翻出来的泥土，感觉自己就像个雕塑师或陶艺师，能从一块原始的泥土中想象出一件艺术作品来。我花了几千个小时在开推土机的时候思考，也想到很多很好的主意。因为只有在开推土机的时候，没有人打扰我。"

"爱开推土机的怪老头"还因为这个爱好得来一位朋友。2005年某天，他正在卖力地用大机器推土的时候，在扬起的灰尘中看到了上空的一架直升机，Peter觉得是不是自己惹上麻烦了。这个时候，老婆Vai给他打电话说有个人正在家等他，有点忐忑的他回到家中，看到了陌生的面孔，他在揣摩着陌生人的来意。

陌生来客告诉他，自己是来自荷兰一家大公司的代表，他们的公司拥有荷兰超市50%的市场，如果以后Peter想在荷兰卖酒，可以找他。几年后，当Peter真的拥有自己的葡萄酒后，他想到了来访的"陌生人"。现在，Peter已经和这个陌生人成了很好的生意合作伙伴。

除了热爱工作外，他同样也是个感情专一的家庭型男人。1968年，二十岁的Peter遇到了二十三岁的vai，三个月后，他们就结婚了，现在他们已经结婚四十五年了，并且有了两个孩子。

听了peter的传奇经历，感觉在自己的生活里，他的"能做"态度，就是他克服困难，赢得美好生活的"推土机"。

在采访中，听到Peter说得最多的一个词就是"sustainability"(可持续性)，可以说他"沉迷"于环保，又或者说这是酒庄的理念。

当你走在他的葡萄园里时，你能看到湿地，看到大海，还能看到成群的

Yealands Estate
伊兰酒庄:爱开推土机的"怪老头"

绵羊,除此之外,你还能听到鸟鸣,也能听到隐约的古典音乐,感觉像是走在一片巨大的公园。这个酒庄真的很有个性,就像酒庄的主人。

从澳洲进口英国的娃娃羊(baby doll),只有45~60cm高,这样的身高让它们在吃掉葡萄园中的杂草的同时,不会伤害到葡萄。这种有机方式除草,省掉了化学除草剂,同时羊的排泄物也是很好的肥料。

每年冬季剪下的大量葡萄树枝，都会在特定的容器里燃烧用来加热冷水。

"因为我们必须给子孙后代留点什么，我们必须给他们河流，让他们玩耍和钓鱼。我们也要为他们留下可爱的小鸟，让他们听到鸟鸣。"

为了酒庄的个性，Peter 做了在一些人看来很"疯狂"的事。

比如为葡萄树播放音乐。

Peter 认为植物和人一样，都是具有生命的，播放音乐是为了让它们"心情愉悦"地生长和结果，从而能酿出更美味的葡萄酒。

"疯狂"事件二，就是从澳洲进口英国的娃娃羊（baby doll）。引进这种羊是因为它们矮，它们只有 45~60cm 高，这样的身高让它们在吃掉葡萄园中的杂草的同时，不会伤害到葡萄。

这种"有机"方式除草，省掉了化学除草剂，同时羊的排泄物也是很好的肥料。但这种方式花费却不菲，一只娃娃羊就要 2000 美元。

"疯狂"事件三，这个庞大的葡萄园中间点缀着超过 25 个湿地和 75000 棵树。Peter 的老婆 Vai 说，Blenheim 恐怕再也找不到比他种树更多的人了。而这些树和湿地，为鸟类提供了栖息的天堂。

但鸟类却是葡萄园的敌人，因为它们会吃掉大量的葡萄。

幸运的是，Yealands 葡萄园也是新西兰鹰隼的繁殖保护地，而鹰隼则是以小鸟为食的。所以葡萄园的果实就是靠这些鹰隼在保护。

不止这些，Peter 耗资 4200 万纽币（人民币 2 亿多元）建造的品酒室、办公室加酿酒厂一体的建筑，本身就是个环保的典范：零二氧化碳排放，利用太阳能、风能发电。当酒厂所发的电过剩的时候还能供给当地的供电部门。

当然，每年冬季剪下的大量葡萄树枝，都会在特定的容器里燃烧用来加热冷水。

问他为什么对"绿色"这么执着，他说，年轻的时候做过些"疯狂"的事情，只知道向自然索取，现在想做点事情补偿。

俯瞰酒庄、葡萄园以及大海

来自中国的葡萄酒爱好者和庄主 Peter 在海景葡萄园合影,以及酒庄工作人员在聚会中。

遇见酿酒人

Greywacke 灰瓦岩酒庄：
爱摄影的酿酒师

大名鼎鼎的 Kevin Judd 是出了名的沉默。

看过写他的几篇采访都谈到了他的沉默寡言。新西兰一位葡萄酒作家 Keith Stewart 曾经说道："有人说 Kevin 是个只说几句话的人，而几句话对他来说也是太多了。他是个极简主义者。可以这么说，他永远不会说多余的话,言简意赅是对他最好的概括。"

当我给他写 E-mail 表示想要采访他的时候，没想到他很快就回信，并且表示很欢迎。于是我在猜想，真正见面的时候,Kevin 会是什么样子。

早上 10 点半，我来到 Greywacke 的办公室，办公室位于葡萄园边一栋房屋的花园里。在这里，我见到了友善的工作人员，还见到了一只友善的小狗。工作人员告诉我 Kevin 马上就过来。所以我就在他的品酒室里,翻着他的影集。五分钟过去,看见一个高大的身影，然后对我说，他去洗下手。他的同事告诉他办公室停水，但是他说，他必须洗手。他同事就给他找了一瓶矿泉水。

洗完手，他热情地过来跟我握手。

Greywacke
灰瓦岩酒庄：爱摄影的酿酒师

沉默的 Kevin 内心其实是极其丰富的，因为他选择用摄影表达自己。他在摄影中表达对葡萄酒、葡萄园和酿酒师甚至酿酒师的宠物狗的热爱。

我拿着小的录音机，问他是否介意我用这个，他开玩笑地说："相机吗？"

Kevin 比想象中的要高大帅气，五十四岁的他看起来顶多四十出头，脸上找不到任何皱纹，有点像个害羞的大男孩，比我想象中的要平易近人。整个采访中能感觉到他不是个话多的人，但是能感觉到他的真诚。

总觉得沉默的 Kevin 内心应该是极其丰富的，因为他选择用摄影表达自己。他在摄影中表达对葡萄酒、葡萄园和酿酒师甚至酿酒师的宠物狗的热爱。目前他已经出版了两本关于葡萄园的摄影集 *The Colour of Wine* 和 *The Landscape of New Zealand Wine*，还有一本是和别人合著的关于酿酒师的狗狗们的合集 *Winemakers' dogs*。

提到新西兰葡萄酒，Cloudy Bay 是无法绕过去的，因为正是它的 Sauvignon Blanc 使新西兰葡萄酒扬名世界。而提到 Cloudy Bay，Kevin

遇见酿酒人

Kevin和妻子已结婚三十多年,有了两个帅气的儿子。这是在大儿子的大学毕业典礼上的合影。

Judd也是无法绕过去的,因为他曾经在Cloudy Bay担任酿酒师和管理工作二十五年并且帮当年的创始人David Hohnen创立了酒庄,让酒庄走向了世界。

在英国出生的Kevin,九岁的时候随父母搬到澳大利亚,Kevin的父亲当时在一家与葡萄酒有关联的公司工作,并且在业余时间从事摄影工作,这些对Kevin的影响很深。谈到自己的父亲,Kevin说,正是父亲对摄影的热爱,才让他对摄影充满了无限向往,也正是父亲对葡萄酒的谈论,让他决定学习酿酒。

于是他去Roseworthy Agricultural College学习酿酒,在学校的一次实习活动中,Kevin没去酒厂,而是跑到Adelaide大学去见朋友,朋友就把正在澳洲Adelaide University读书的Kimberley介绍给他认识。

Greywacke
灰石岩酒庄：爱摄影的酿酒师

沉默的 Kevin 上班的时候，偶尔也会带着爱犬一起工作。

  Kevin 就带着 Kimberley 去实习的酒厂玩了一圈，没过多久两人就结婚了。

  1983 年，二十五岁的 Kevin 携妻子到新西兰。因为他在奥克兰的 Selaks 酒庄找到了一份酿酒师的工作。也是偶然的机会，在一次品酒会上，他的事业转折点出现了。他碰见了 David Hohne。David 也是澳洲人，他正在新西兰筹备 Cloudy Bay 酒庄，创业的过程是艰苦的，什么都没有——钱、设备还有人。唯一有的就是对新西兰马尔堡地区的长相思的品质的信任。

  在品酒会上，Kevin 有种预感 David 会给他提供工作机会，两个人在酒会上交谈甚欢。Kevin 邀请 David 来 Selaks 参观酿酒的过程。果然不久后，David 便邀请 Kevin 去 Cloudy Bay 担任首席酿酒师和管理人员。

  在这二十五年间，Cloudy Bay 也从不知名的小酒庄变成新西兰酒庄的代表。

"我认为，Cloudy Bay 这么出名就是因为我们在正确的时间里做了正确的事，而且这个名字本身起得很好，容易让人记住，而且商标也很时尚。"

2009 年，五十岁的 Kevin 决定离开 Cloudy Bay，开创自己的葡萄酒品牌。他拿出了早在 1993 年就注册的品牌 Greywacke。

"别人说 2009 年，经济衰退，新西兰的葡萄酒在那时也处于瓶颈期，但我认为这个时候是个开创自己的品牌的最佳时机。因为我已经在 Cloudy Bay 待了大半辈子，现在的公司已经不同于刚创业的时候，它已经变成了奢侈品牌 LV 集团下的子公司。我喜欢待在一个不是那么复杂，能亲自决定很多事情的小公司。并且这么多年我一直在想着创建自己的公司，我已经五十岁了，如果再不做，我就没有精力去做了，而且如果不去开创自己的品牌我会后悔的，我不想这种后悔的感觉一直跟着我。于是我想就这样吧，辞职开创自己的公司。

正好在去伦敦的飞机上遇到了以前的同事和朋友，现在他们也在做自己的酒庄 Dog Point。我把这个想法跟他们一说，他们很鼓励我，并且愿意给我提供葡萄园还有酿酒的设备，就这样我不需要自己的葡萄园也不需要自己买机器，只要用自己的酿酒技术，再雇用 2~3 个办公室工作人员，我就可以实现自己的创业梦了。我想我真的是非常幸运。

我的妻子也很支持我，我创业的时候，她把她的花店卖了，专心地来帮我打理酒庄。现在我们一起到世界各地跑市场。

当然跟所有创业者一样，开头都是艰难的。难就难在怎么把自己的酒卖出去。很幸运的是，在英国找到的第一个经销商就愿意卖他的酒，而进入美国市场则花了他三年时间。

Kevin 和妻子马上就要到上海去参加一个品酒会。这是他们第三次去中国。他们对中国市场也充满了期待。

不过 Kevin 的目标不是做个大公司，"我的公司不需要人力资源经理、市场经理这样的设置，我希望自己能多做点决定，就是个私人的小型公司"。

谈到摄影和酿酒，Kevin 说看似不相关的两者其实有很多共同点的，比如它们都是科学和艺术的结合。酿酒和摄影都有科学的一面，你要了解它们背后的技术但同时又不能拘泥于科学，你也要充满艺术的想象力地带给人们不一样的酒和拍出独特视角的照片。

当然两者又都依赖大自然，好酒要好的年份，那年的气候条件很重要，好的照片要好的光线等等。但无论自然条件再怎么样，你都必须要捕捉到它们最完美的状态。

但是两者最大的区别是：酿出来的酒，是有生命的个体，它的口味随着时间不断地发展和变化，这也是酿酒最吸引人的地方。而照片你一旦创造出来，它就永远保持在那不会变化。

Kevin 的酿酒哲学是，让酒充满变化，不拘一格。

Kevin 说自己很幸运，兴趣和爱好成了自己的终身事业，而且还有个幸福美满的家庭。

现在 Kevin 和妻子已结婚三十多年，有了两个帅气的儿子。大儿子在伦敦学习设计，谈起自己的孩子，Kevin 还是满脸的骄傲。

"只是他们都对酿酒好像没什么太大的兴趣，老大是压根一点兴趣也没有，老二可能还有那么一点点兴趣。"说到这里，Kevin 有点无奈地笑了。但是 Kevin 也说，他不会强迫他们一定要继承自己的事业，他们可以选择他们自己喜欢的。

采访结束后，我给 Kevin 和妻子 Kimberley 照了点照片。Kimberley 告诉我他们马上就要去中国参加品酒会，而且他们已经去过中国几次，非常喜欢中国的历史。

然后，Kevin 送了我他的摄影相册，还要送一瓶他酿的酒，我说相册我收下了，酒我自己用钱来买吧。

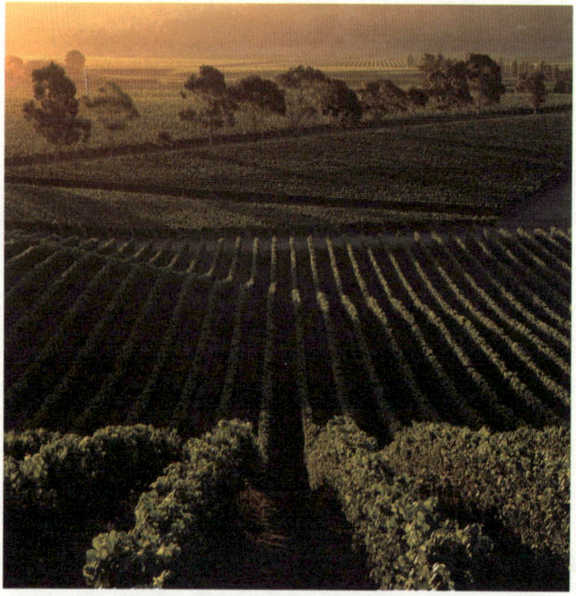

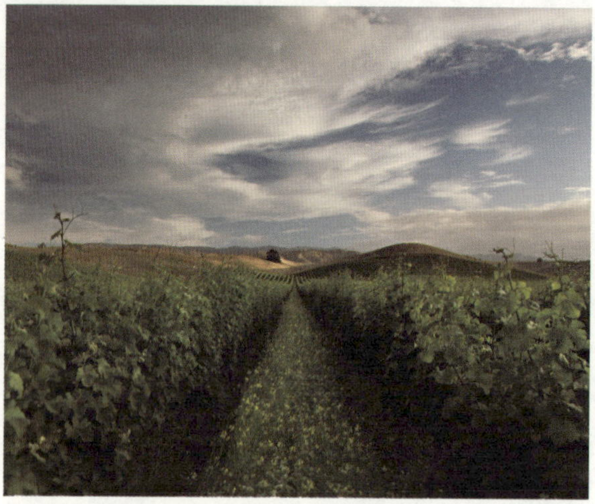

采收季节工作繁忙，会有来自各国的工作人员在葡萄园和酒庄帮忙。

Fairhall Downs 费尔霍尔酒庄：
沉默农场主的酒庄梦

书成稿之际，这个酒庄庄主换人了，决定对最新的庄主做个采访，来做最后的更新。

原先的庄主 Staurt Smith 从政了，变成了马尔堡地区的议员。当时采访他的时候他也说过要把酒庄卖掉，但是没说他要从政，而是说要想做个更为小型的酒庄。

当时的葡萄园是他和妻子的父母出钱买的，这跟现在的新主人情形很像，新的庄主是 Brendon 一家。Brendon 和妻子 Charlotte 的父母一起买下了 Staurt 的酒庄。

去约 Brendon 采访的时候，他正开着拖拉机在葡萄园里忙活，约好了采访时间。于是来到了他在品酒室旁边的家，因为他的家跟品酒室隔着一排树木，不转个弯去看，根本想不到他家就在后面。而 Brendon 告诉我他的岳父母家就在路的另一头。"有人说跟自己的岳父母住得不远，简直是个噩梦，对我来说，能跟他们住一起真的是太好了。他们不仅能给我们生活上的帮助，还偶尔给我们的生意提点建议。"

Fairhall Downs
费尔霍尔酒庄：沉默农场主的酒庄梦

　　我在想就这样住在葡萄园里,应该是惬意安静的,每天不必奔波在上下班的路上。随时可以去工作,也随时可以回家吃饭。孩子们也自由自在地在葡萄园里玩耍:整片的葡萄园地就是他们的乐园。
　　就在我们在他家客厅谈话的时候,他的妻妹开着辆小小的当地农场的车,载着几个孩子和几条大狗回来给孩子换衣服。Brendon 的六岁儿子,可

葡萄园里,孩子们和动物们愉快地玩耍。

Brendon在他家里的客厅里接受采访

爱兴奋地找他的衣服，两只大狗也进家遛了一圈，5分钟后，他们又都上了小车，然后消失在葡萄园里。

我对 Brendon 说我想给他们拍个照片，因为这一幕太温馨可爱了。Brendon 告诉我，他们目前有三个孩子、八只大狗。其中的两只大狗还曾经上过一本书 *Winery Dogs*(酒庄的狗狗们)。当然这些狗还有个工作，就是充当牧羊犬。原来除了葡萄园之外，Brendon 还在葡萄园的空地上养了羊。

其实他的话不多，感觉是个沉默专注的人，高大，随意地穿着件套头衫。他跟我们在马尔堡街头见到的农场主们没什么区别：衣服上有点泥土痕迹，穿着厚重的工作靴子，开着个不新不旧的皮卡，车上还载着两只大狗，脸上有被太阳照射的痕迹，是个沉默不语的人。

他们都是向土地讨生活的人。因为土地不语，他们也沉默。

Brendon 说自己一直是在农场工作，他就出生在南岛的一个农场。后来到马尔堡的一家葡萄园工作，通过朋友介绍认识了现在的妻子 Charlotte。Charlotte 是英国人，在大学里学的是体育科学，她酷爱赛马。他们两个一认识，用 Brendon 的话说，"就觉得我们俩非常合得来，然后我们就决定在一

Brendon 的妻子 Charlotte 和她的爱马

起了"。不过他们是在第一个孩子出生后才举行的婚礼。

很多新西兰当地人都是在好几个孩子出生后才结婚的，也有一些已经有了几个孩子，但是仍然不结婚却生活在一起的。对有些新西兰人来说，婚礼也许意味着是一种共度余生的承诺。

Brendon说接手酒庄后，他们希望能一起把酒庄生意做得更大一些，但是因为是刚进入这个行业，所以一切都还在学习的过程中。刚接手的这一年，葡萄园的葡萄主要是卖给当地别的酒庄，而这一季，他们决定推出名叫 Fairhall Downs 的葡萄酒，主要是长相思还有黑品诺。

现在25公顷的葡萄园，除了他在打理外，以前一起工作的同事也来帮忙，他们还雇用了一个在葡萄酒市场方面比较有经验的一个朋友，因为他没有市场销售方面的经验。他说刚进入这个行业很兴奋，但是告诫自己要尽量地减少期望，做尽可能多的事情，用正确的人。

他准备做的事情之一就是把葡萄园向有机的方向发展，因为现在的人对健康的追求越来越高，有机种植意味着减少农药的使用，让葡萄本身增强对疾病的抵抗力。他说种植葡萄最重要的就是对树冠区域的管理（Canopy management），如果这个区域健康强壮，葡萄就不会有什么疾病。今年因为降雨不多，灌溉用水很让他担心。

说到工作之余的爱好，Brendon坦诚道，其实自己没有多少爱好，也许就是出海钓鱼，还有种植。对他来说个人时间大部分都给了家人，"我们一家刚从Kaiteriteri玩了三天回来，这是这个夏季我们为数不多的假期，接下来就是集中在葡萄园里工作，下一个假期不知道是什么时候"。

Brendon希望将来自己的庄园能一直做下去，等孩子们长大的时候，能继承这份产业。"也许要做好一个品牌需要好几代人的共同努力，但是我不希望把自己的梦想强加给孩子们，他们将来可以选择自己想要做的事，如果碰巧他们对葡萄酒感兴趣，那真的是太好了。"

结束采访的时候，我给他在家门口的葡萄园拍了点照片。他依然沉默、耐心地配合着。

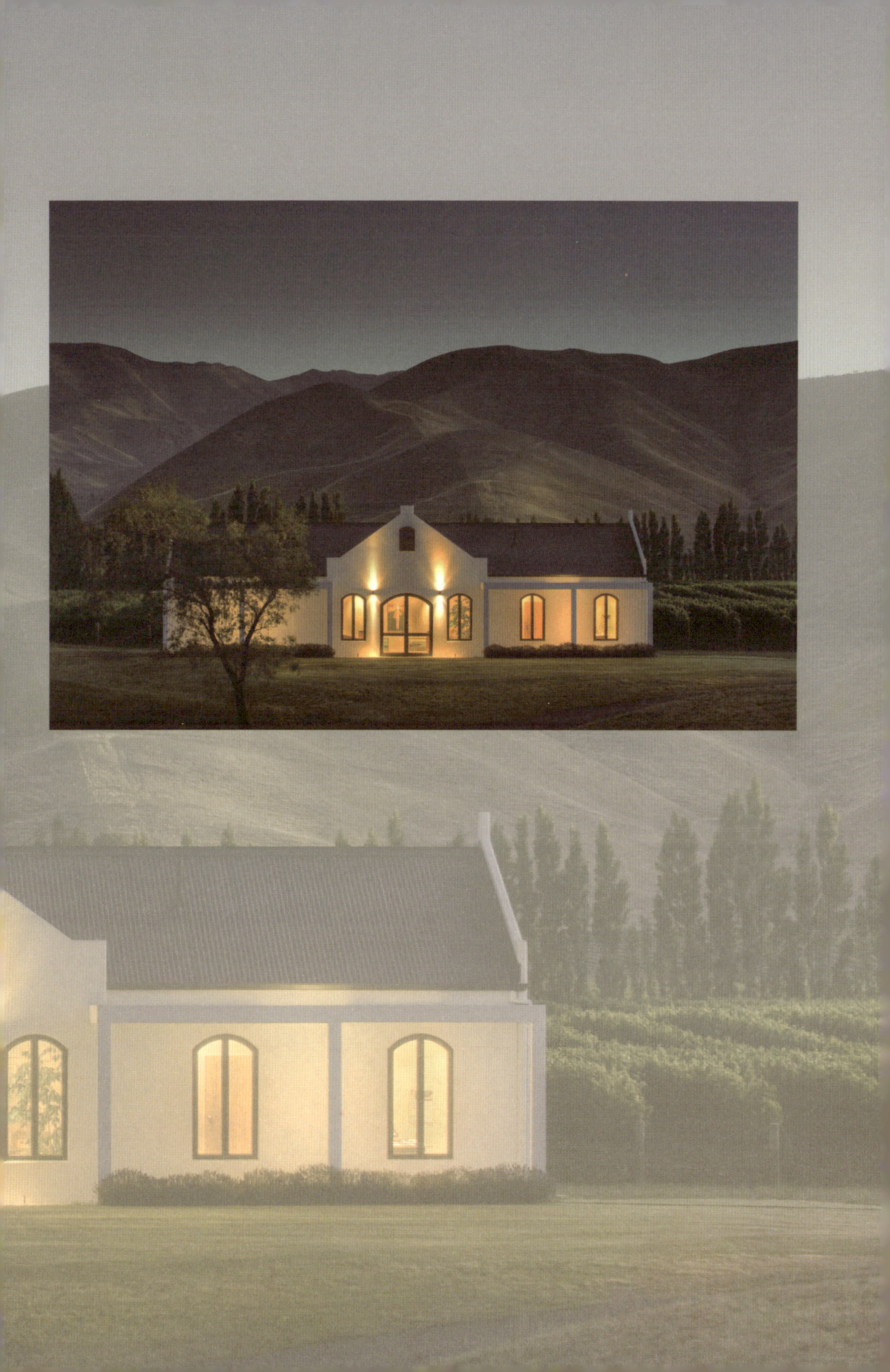

就这样住在葡萄园里，应该是惬意安静的，每天不必奔波在上下班的路上。随时可以去工作，也随时可以回家吃饭。孩子们也自由自在地在葡萄园里玩耍，整片的葡萄园地就是他们的乐园。

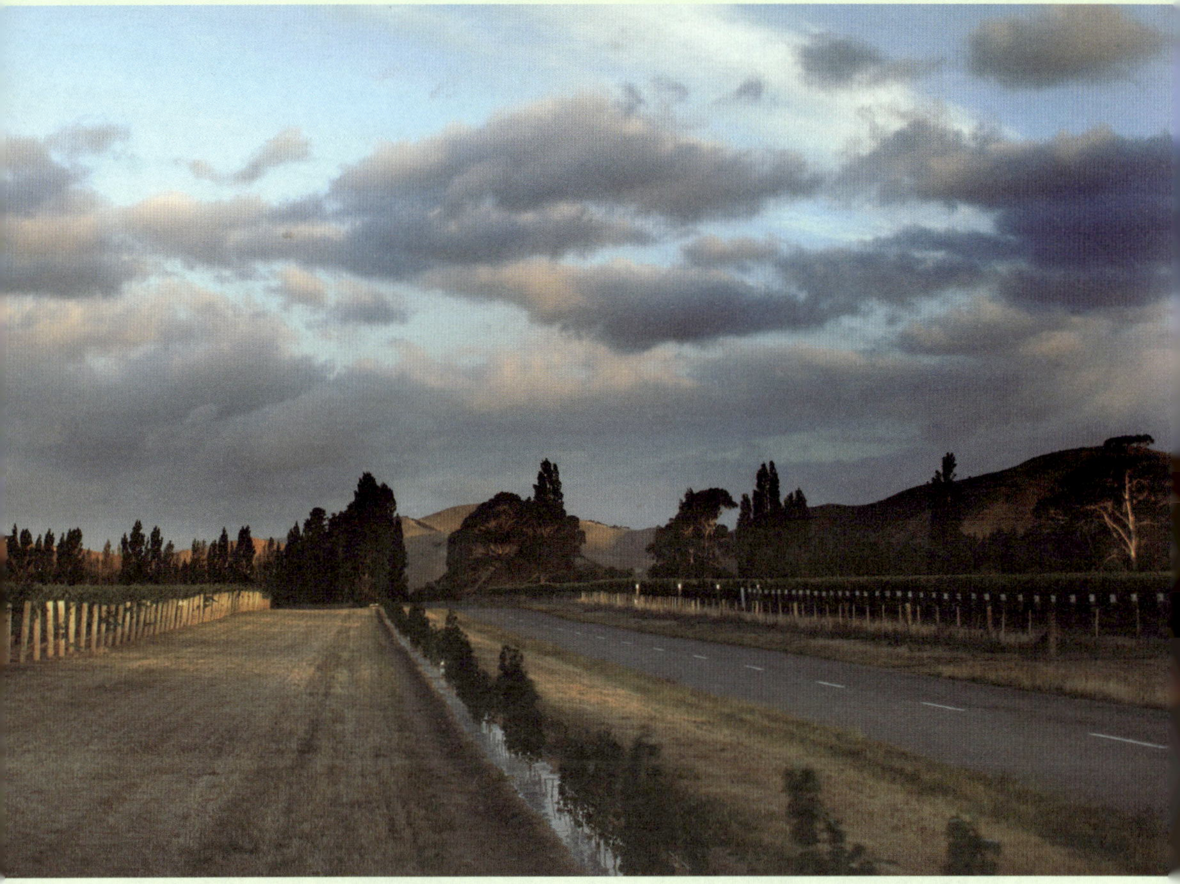

Wither Hills 威瑟山丘酒庄：
80后女酿酒师的幸福生活

　　Wither Hills 酒庄现在是个很受欢迎的婚礼举办地。

　　曾经有一对上海的留学生在这里举行了婚礼。

　　现在的 Wither Hills 是由 Brent Marris 和父亲 John Marris 在1994年创立的，8年后以5200万新西兰元将公司卖给了大的酒业巨头 Lion Nathan（故事见《Marisco：国王后代的"疯狂"庄主》）。

　　Sally Williams 现在是这个酒庄的助理酿酒师。

　　Sally 生于1982年，是澳洲人，从小在南部澳洲的一个牧羊农场长大。这个农场离南澳的葡萄酒产区很近，可以说 Sally 对葡萄酒的了解是耳濡目染。

　　另外，父母对葡萄酒的热爱，让她很小的时候就有了对葡萄酒的印象：一家人在吃晚饭的时候，坐在一起享受农场里新鲜的美食和澳洲红酒。这给了 Sally 很多美好的回忆。

　　"小时候没有特别的梦想，没有想要成为医生或者是律师之类。就是整日在农场里跑来跑去，觉得这应该也是我想要的生活。高中时的一次课余活

80后女酿酒师 Sally 从小生活在离葡萄酒产区很近的农场,耳濡目染,对葡萄酒产生了兴趣,之后在阿德莱德大学学习酿酒,誓要成为一名出色的酿酒师。

动,让我决定去做个酿酒师,因为跟葡萄酒相关的都能给我带来愉快的回忆。而且我喜欢看季节的变化,如果能在葡萄园里工作,看葡萄树在季节变化时不同的样子,那真的是让我非常享受的事情。"

于是,Sally 便在澳洲的阿德莱德大学学习酿酒,学习的时候,因为跟当时酒庄首席酿酒师 Ben 的弟弟在一起学习,知道了 Wither Hills,她毛遂自荐,写信给 Ben,没想到 Ben 给了她来酒庄工作的机会。就这样,2004 年,Sally 便从澳洲来到新西兰的 Wither Hills 工作。

Sally 告诉我,现在的酒庄有好几个葡萄园,怀劳谷(Wairau Valley)旁边种的是长相思（Sauvignon Blanc）和 Chardonnay(霞多丽)。南部山谷 Southern Valleys 主要种植 Pinot Noir（黑品诺），但也有长相思、Pinot Gris（灰品诺），还有 Chardonnay。

"成为酿酒师最困难的地方在哪儿？"

"我觉得有好几件比较困难的事情。比如，你要很灵活，因为很多事情不在你掌控中。比如天气，天气的好坏决定葡萄质量的好坏，这对我们来说都是挑战，还有比如市场的需求和酿酒师个人喜好的冲突，这中间要学会怎么平衡。"

一般来说，每个酒庄都有一个优秀的酿酒团队，图为 Sally 和酒庄首席酿酒师 Matt。

Wither Hills
辰碧山百酒庄：80后女酿酒师的幸福生活

"那怎么能找到这中间的平衡点呢？"

"对我来说，去世界各地的市场上跟我们的经销商、零售商还有餐馆老板交谈，从他们那里了解消费者对口味的偏好，然后来调整我们的酒，在这中间找到平衡点。"

其实除了酿酒，Sally也很喜欢美食，特别是海鲜。这里离马尔堡海湾就半个小时的车程，Sally经常跟未婚夫James一起去海边。James喜欢潜水，他经常从海底捉到新鲜的食材交给Sally来料理。谈到未婚夫，Sally满脸喜悦，他们最近才订婚。他们是通过朋友介绍认识的，James是葡萄种植专家，是新西兰人。

现在的Sally终于在新西兰生根了，对未来的打算，Sally说还是会继续做酿酒师，因为除了酿酒外，她还有机会到世界各地去看看。

像所有的年轻人热爱社交媒体一样，Sally也在上面写自己的旅行，晒自己跟未婚夫的照片。

在Wither Hills，你除了品酒，还可以享受美食，酒庄的餐馆2012年开业，因为酒庄位置便利、景色优美，已经成为非常受欢迎的餐馆。

夏日，游客在品酒室前的草地上品酒聊天，淡淡的风携着阳光款款而来，十分舒心。

现在的酒庄有好几个葡萄园,怀劳谷旁边种的是长相思和霞多丽。南部山谷主要种植黑品诺,但也有长相思、灰品诺等。

每年在忙碌的采摘葡萄之后，都会举行盛大的派对，所有人欢聚一堂，合影留念。

Seresin Estate
席尔森酒庄：英国"浪子"在酿酒中安定

Seresin Estate 席尔森酒庄：
英国"浪子"在酿酒中安定

与 Clive 再见面是隔了两个月，第一次约见因为我有事耽搁了，再约的时候他就要出差到国外去参加品酒会，这一去就是近一个月，再然后我有事，直到九月底我们最终约定了访谈的时间。

按约定时间去酒庄的时候，他正在实验室里品酒。我看了看品酒室的酒，Seresin 的价格在市场上是中等偏高的，除了酒，酒庄还出售橄榄油和果酱，都是酒庄土地上的产物。没过多久，Clive 出来，热情地跟我打招呼，然后我们到他的电脑前坐下，便开始聊了起来。

Clive 并没有像大多数人那样，按部就班地上大学，找工作。出生在英国伦敦的他，十八岁的时候，对上大学似乎没有多大兴趣，尽管当时已经拿到大学录取通知书。他决定不去上大学，而是去工作。他先是在一个酒铺找到了工作，这也是他跟葡萄酒最初的接触。

他觉得这份工作很有趣，而且他非常喜欢。二十一岁，他成了酒铺的经理。有一天，一个人的到来，改变了 Clive 的"命运"。

这个人是个英国的酿酒师，但是在法国工作。他告诉 Clive，他在"旧世

遇见酿酒人

> 我觉得我酿造的每种酒都应该是有故事的,这个故事就是要表达酒庄的风土、酒庄的人,甚至酒庄里的动物。而且要让人们在品酒的时候,感觉到我们酒的质量。
>
> ——Clive

界"里用"新世界"的方法酿酒。这让 Clive 大受启发。他不再幻想将来自己是个在全世界飞来飞去买酒的人,他开始想成为酿酒人。

"因为同为英国人,如果他可以做酿酒师,那么我的将来也就有成为酿酒师的可能。"

从那天起,这小小的念头就像埋在他心底的一颗种子,一直等待合适的机会发芽生长。

因为语言问题,Clive 决定不去法国学习酿酒。这个时候他跟女朋友 Mel 商量,先去澳大利亚,因为大地方机会多,而且那离 Mel 的家乡新西兰很近。

在澳洲,他们边旅行边打工。Clive 在澳洲的葡萄园找到了工作,这份工作是很辛苦的体力工作,但是这并

Seresin Estate
塞尔森酒庄：英国"浪子"在酿酒中安定

没有吓倒他，这段经历让他更加深入了解葡萄酒，同时也知道什么样的生活是自己想要的。

他决定去大学学习，为将来更好的职业奋斗。但是学习需要钱支付学费，于是他和女朋友计划先去 Mel 的家乡新西兰，找份工作，攒学费。

在来新西兰之前，他就发了 20 份自己的简历到马尔堡的葡萄园，但是仅仅收到一份回应，就这样他在这家葡萄园里先工作下来。

没多久，Clive 还是决定去大城市碰碰运气，他去了女朋友的家乡惠灵顿，并在一家餐馆找到了工作。餐馆的厨师是新西兰有名的电视厨师，他很享受在餐馆的工作，厨师对他很好，让他负责帮餐馆买酒。

"在餐馆工作的这段经历，对我来说很重要。因为我觉得酒一定要搭配食物，你不只是喝酒，你要让酒和食物互相搭配补充，这也是我在 Seresin 酿酒的原则。"

终于攒够了学费，他就去 Lincoln 大学的酿酒专业学习。第一学期结束后，他的成绩全"A"。"这是在我的学习生涯中是从来没有的，我想我就是个化学怪人。"因为他的成绩太好了，大学甚至允许他免去一年的学习。

"因为我想证明自己，这也是我生活的转折点。"

在大学学习的过程中，他先在 Canterbury 的 Pegasus Bay 酒庄兼职工作，学期结束的时候，酒庄给了他助理酿酒师的工作。于是他就在酒庄工作了两年。

"作为一个酿酒师，始终想挑战更多。2006 年，Seresin 在找助理酿酒师，我想去试下，我戴上了自己的幸运项链，希望自己能得到这份工作。"

Seresin 是新西兰惠灵顿出生的摄像师 Michael Seresin 所创立的。Michael 在欧洲的闯荡让他的职业生涯很成功，他曾担任多部电影的摄影指导，比如《大卫·戈尔的一生》《哈利·波特 3：阿兹卡班的囚徒》等等。1990 年，他开始投资意大利的葡萄酒业。1996 年，在回到家乡的一次考察中，他爱上了马尔堡的海湾，并在这里买了房子，也慢慢地开始置地，就这样一点点地开始了自己的酒庄。他选用了一只手印作为酒庄的商标，这手印的

"手"是力量的象征，它照料着这片土地，代表着工匠，而且是手工采摘葡萄，并且这"手印"表示了这就是我的工作成果的宣言。

灵感源自 Michael 在西班牙看到的旧时器时代洞穴的壁画。他觉得"手"是力量的象征，它照料着这片土地，代表着工匠，而且是手工采摘葡萄，并且这"手印"表示了这就是我的工作成果的宣言。

Clive 说自己很幸运，得到了工作。几周后，酒庄的首席酿酒师辞职了，Clive 就被委任为首席酿酒师。

兜兜转转，他终于实现了自己的梦想。当然，被委以重任，Clive 还是有点忐忑，但是这么好的机会，是无法让人拒绝的。

"我觉得我酿造的每种酒都应该是有故事的，这个故事就是要表达酒庄的风土、酒庄的人，甚至酒庄里的动物。而且要让人们在品酒的时候，感觉到我们酒的质量。因为质量背后是我们做事的态度，比如我们不用化学药剂，我们有动物帮我们除草、施肥。我们的葡萄产量不算高，但是我们的葡萄就是葡萄应该有的味道，最原始的味道。"

Seresin Estate
赛瑞森酒庄：英国"浪子"在酿酒中安定

最让 Clive 烦恼的是，虽然酒庄的酒在海外名声很响，但是在新西兰的知名度却不是很高，因为他们很少去参加评奖活动。追求百分百完美的葡萄酒一直是 Clive 的目标，他总觉得每次酿出的酒都不是完美的，但这也正是酿酒的乐趣所在。因为每年都有一次机会来改进，向心目中完美的葡萄酒前进一步。

"将来我也不会辞职去做自己的葡萄酒品牌，因为我觉得在 Seresin 酿的酒就是我自己的酒。我想要的生活很简单，因为我出生在伦敦，大城市的生活吵吵嚷嚷，这里要安静得多。我非常享受这安静的生活，我喜欢我的工作，没有太大压力。另外，我的家庭对我来说很重要，我的业余时间基本都在陪我四岁的女儿，而且我的第二个孩子马上也要出世了。我真的很享受当爸爸的感觉，这种感觉是那些没做父母的人无法体会的。我也不需要太多的钱，只要能够时常回伦敦看看就行了，我不需要好车、大房子、奢华的假期，只要一家人在一起幸福开心地生活就可以了，这是我生活中最重要的事情。"

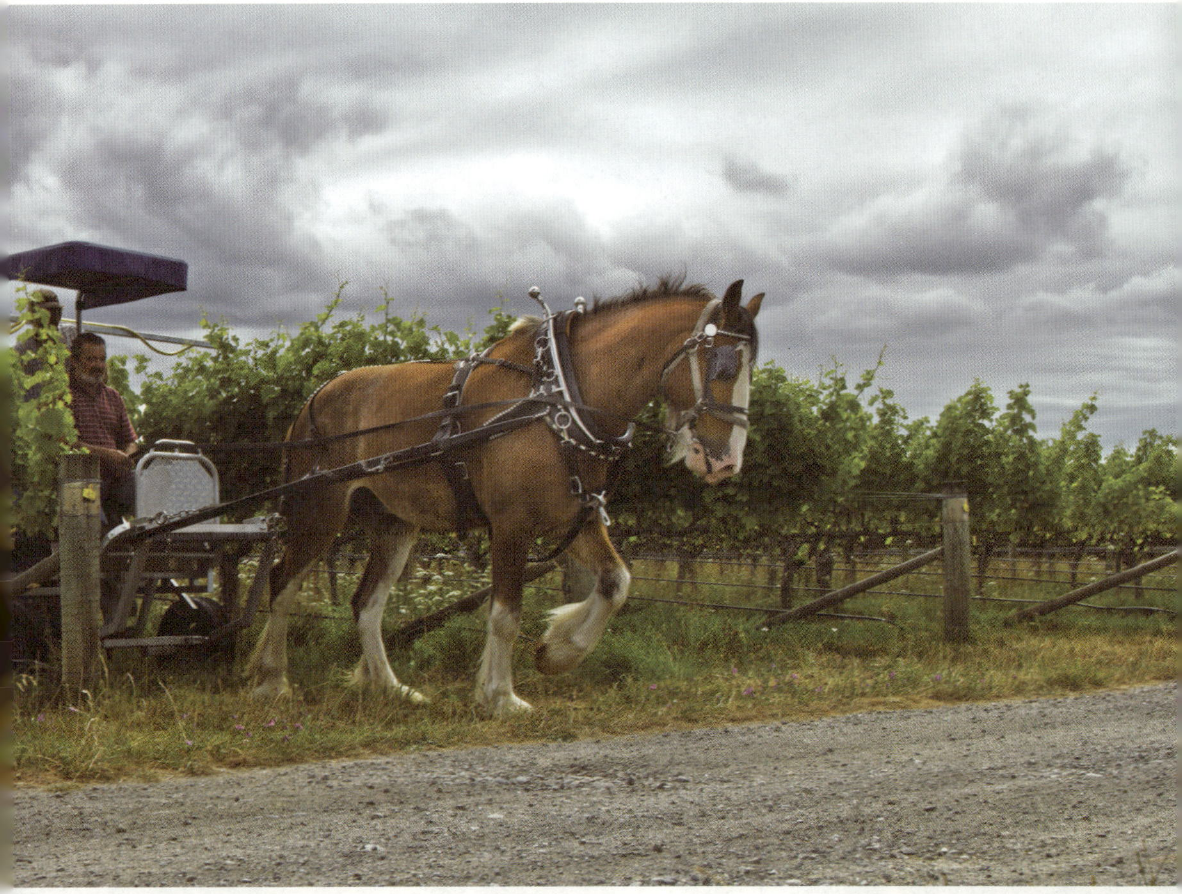

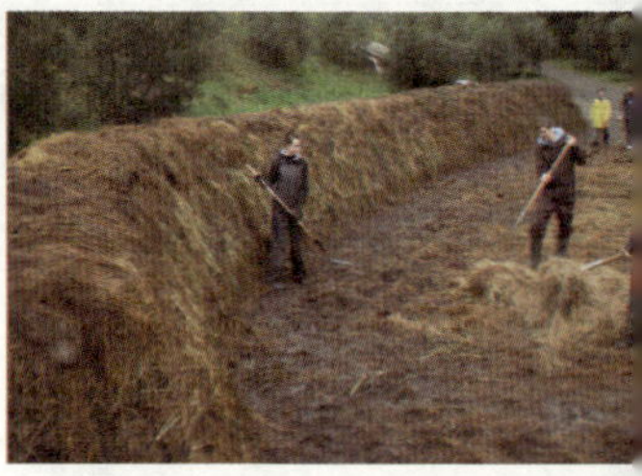

一个完整的生物动力葡萄园,其土壤、葡萄树,包括里面所有动植物,都是组成这个体系的有机体。生物动力法的最终目的就是让这个葡萄园内的生命体系与自然节律相连,使葡萄树与所处"风土"之间建立起一种长期良好的平衡关系。

Marisco 莫瑞斯科酒庄：
国王后代的"疯狂"庄主

如果你有 5200 万纽币（人民币 2 亿多），你会做什么？Brent Marris 选择的是重新做个酒庄，做新的葡萄酒品牌。

这在别人看来可能就是他做的最"疯狂"的事：刚把自己经营多年的酒庄卖掉，几年后又开始创建新的酒庄。

Brent 和我坐在 Marisco 286 公顷葡萄园的河边小木屋里，听着流水声，看着河边的大树，他安静地跟我聊他的"疯狂事"。

"我的父亲就是当地第一个种植葡萄树的，20 世纪 70 年代，大酒厂 Montana 来 Blenheim 买地，我父亲当时就帮酒厂物色土地，并且也成了这个大酒厂的签约种植户。所以我小的时候经常在假期到葡萄地里去帮父亲工作，并且还到酒厂做点零活，这些都培养了我对葡萄酒的兴趣。作为家里六个孩子中的老大，我很想成为像父亲一样的人。于是我决定去澳洲学习酿酒，成了马尔堡地区的第一个职业酿酒师。现在我的大女儿跟我在同一所大学学习一样的专业，我想这也是女承父业了。

"大学毕业后，1985 年到 1997 年，我先去 Oyster Bay 做首席酿酒师，

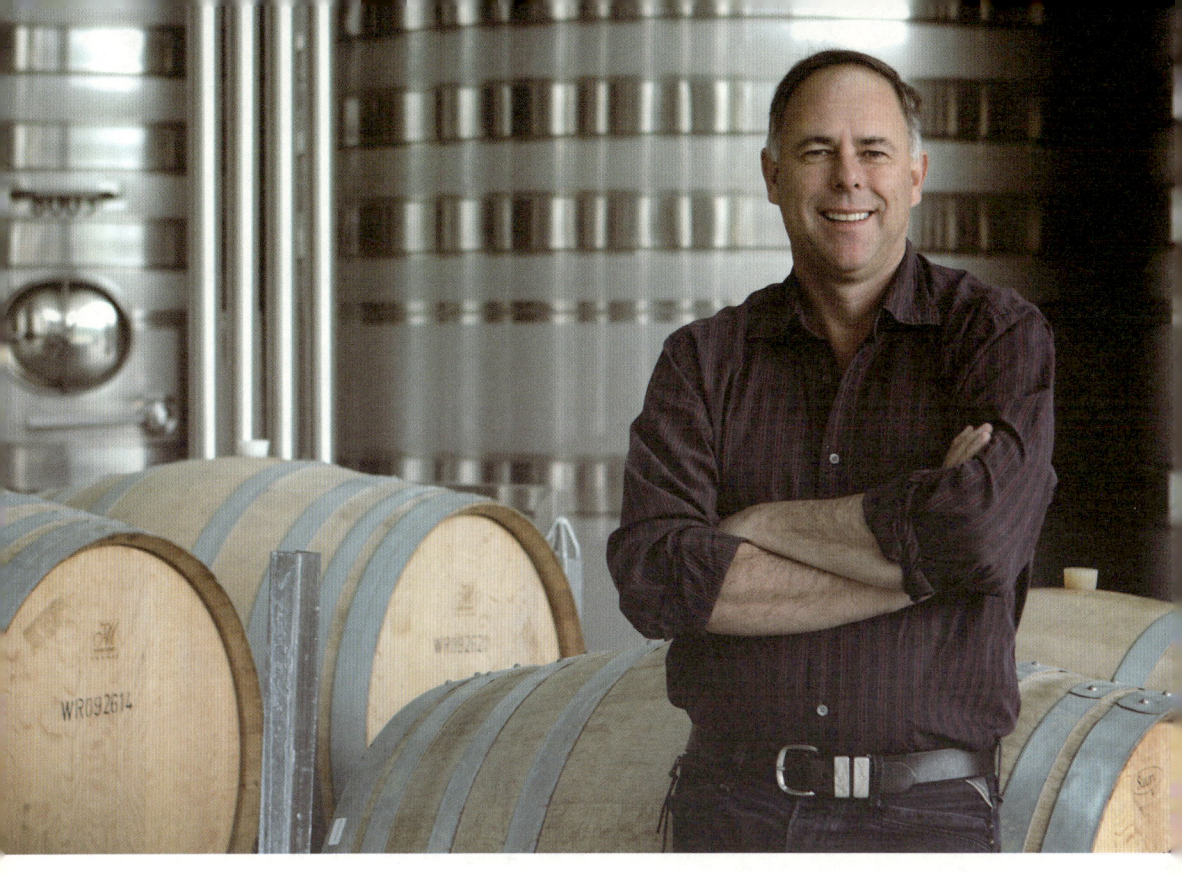

> 我想我酿的酒，一定要让人们想象得出，这片美丽的葡萄园、葡萄园里健康壮硕的果实，和这片葡萄园上空无比纯净的蓝天，和我们脚下清凉的河水，总之要最大限度地体现这片土地的特性。
>
> ——Brent

在 Oyster Bay 期间，也就是 1994 年，我和父亲商量生产自己品牌的葡萄酒——Wither Hills。因为我在 Oyster Bay 担任酿酒师的时候就到世界各地出差，所以我认识了很多酒类经销商。当我有自己的酒要卖的时候，我就去找同样的这些人。由于这样的一层关系，所以我的酒很容易进入市场，而且市场反应不错，所以我们对生产自己的酒越来越有信心，酒庄也越做越好。在 2001 年的时候，酒庄已经年产量 20 万箱，近 100 万升的酒。很快，Wither Hills 的成功引起了酒业巨头 Lion Nathan 的注意，2002 年，我四十岁的时候，对方出价 5200 万纽币要买这个牌子。这不是个小数目，有这么多钱，我可以提早退休，也可以不用工作，这样的诱惑实在让我们很难拒绝，

遇见酿酒人

葡萄是酿造好酒的基础，剔除掉不好的葡萄是为了酒的质量。

所以我父亲和我决定接受这个买卖。2002 年，我们把酒庄卖了，但是我还继续在 Wither Hills 担任酿酒师。

"2005 年，我还是决定要继续做另一个葡萄酒品牌 the Ned。是的，我就是这么'疯狂'。因为我在 Blenheim 出生和长大，我对这里的山山水水，每条路都很熟悉，我喜欢在这里骑车，也喜欢爬山，这里很多山我都爬过。我想我要再做个品牌，依然是反映这个地区最有名的事物，于是我想到用俯视 Waihopai River 边葡萄园的最高峰 the Ned 命名。

"当然，这次再做属于自己的品牌的时候，也很顺理成章，因为有前面酒庄很多的业务关系，所以我再找他们的时候，他们二话不说就让我把酒放到他们那里去卖。

"现在我需要更多的市场，我觉得中国市场很大。虽然我们跟天津的王朝有合作，但是在中国市场上销售葡萄酒远比想象中困难。因为人们没有消费葡萄酒的习惯，另外新西兰是新世界的葡萄酒，中国人对新世界的葡萄酒并不熟悉，他们可能更多地知道法国、意大利等旧世界的酒。所以，对中国消费者进行葡萄酒知识的普及也很重要。天津电视台曾经来酒庄以及我家拍摄过，我想这可能有助于中国人了解新西兰以及我们的葡萄酒。"

"那你觉得你的葡萄酒这么受欢迎的原因是什么？"

"我想我酿的酒，一定要让人们想象得出，这片美丽的葡萄园、葡萄园里健康壮硕的果实，和这片葡萄园上空无比纯净的蓝天，和我们脚下清凉的河水，总之要最大限度地体现这片土地的特性。在多样性的同时，也要有平

Marisco 马瑞斯科酒庄：国王后代的"疯狂"庄主

衡性。总之让我的葡萄酒充满美感。但是同时我也到世界各地去了解消费者的喜好，比如多少的酸度和甜度的平衡是他们喜欢的。所以综合各种考虑，我想这就是我的酒这么受欢迎的原因。"

当然一个无法忽略的事实是，Marisco 的 the Ned 系列酒价格确实很亲民。价格在 20 纽币左右（人民币 100 元左右），性价比高的酒在市场上当然很受欢迎。

但是低价并不是 Brent 唯一的法宝，他试图做一个有故事的品牌。比如定位中高端市场的国王系列（The King's Series）。在 6 年多时间里，他雇用了一位系谱学的专家，全面了解他的家族历史。最后发现他们家族跟十一世纪英国的一个国王有联系。这个英国国王有 35 个私生子，Brent 家族就是 35 个私生子之一的后代。于是，Brent 就把家族故事融入"国王"品牌中。这个系列价位较高，而且产量较少，采用更为多样化的酿酒技巧。

看得出来，Brent 是个很具有商业敏感的酿酒人，他既懂酒，又知道怎么把酒卖出去，但是几年前发生的一件事，让 Brent 的名誉受损。

2006 年，他还在 Wither Hills 担任首席酿酒师，他携带团队酿造的

Brent 和妻子 Rosemary 以及他们的四个女儿

Sauvignon Blanc 参加 *Cuisine* 杂志的葡萄酒评比大赛。当时的评判小组，发现 Brent 提交的酒和市场上卖的同一系列的酒有些区别。于是 Brent 退回了当年所获的奖项，并且辞去了新西兰航空葡萄酒大赛（Air New Zealand Wine Awards）的评委职务。

很多人说这是欺骗行为，而 Brent 则认为这只是技术上的失误。这次事件后，Brent 离开了 Wither Hills，专心做他自己的品牌 the Ned。

现在的 the Ned 成为英国市场上非常受欢迎的酒，酒庄几乎一半的酒都出口到英国市场，英国最大的酒类分销商曾经这样说 the Ned："the Ned 在我们的生活中就像面包和牛奶那样不可或缺。它是我们这儿最畅销的酒之一。"

Brent 最近刚刚买了葡萄园旁 2000 公顷大的一块地，这块地在当地很有历史意义。Brent 说，他计划把其中的 800 公顷变成葡萄园，其他仍然保持传统的畜牧业用地。他指着远处的一座山头跟我说，那就是他买的地。

为了打理自己的庄园，每周他都会从奥克兰飞到 Blenheim，奥克兰有他的销售和营销团队，Blenheim 则有他的葡萄园和生产团队。

虽然在 Blenheim 有自己的房子，但是 Brent 和妻子以及四个女儿一般

Marisco
马瑞斯科酒庄：国王后代的"疯狂"庄主

都住在奥克兰，因为 Brent 喜欢看演出，假期时一家人都会到奥克兰的激流岛上的度假屋去钓鱼和狩猎。说到四个女儿，Brent 充满了幸福感，大女儿现在在澳洲学酿酒，二女儿和三女儿是双胞胎，小女儿今年十二岁，但已经开始对葡萄酒充满了浓厚的兴趣。

谈到自己的父亲，Brent 说，很享受跟自己的父亲一起做生意。创建 Wither Hills 的时候，父亲专心管理葡萄园，而他则负责酿酒以及市场的开拓，当他们决定卖掉 Wither Hills 的时候，得到的钱是一人一半。现在已经七十多岁的父亲仍然在做着自己的土地买卖生意，并且也有自己的葡萄园。

对于妻子，Brent 说很感谢她多年的支持，多年前妻子就辞掉医生的工作，专职在家照顾女儿们和他的生活。

谈到未来，Brent 希望扩大葡萄园能够生产出更好的酒，并且有更多的时间来享受钓鱼和狩猎。

看来国王的"后代"正在建造自己的葡萄酒王国，希望在他的王国里，这位"疯狂"的庄主能够带给世人更多的葡萄酒。

葡萄园边的小河，这里是员工聚会、放松的场所。

每年到了葡萄采收的季节,工作人员在葡萄园辛勤劳作,等待酿造出美酒。

一望无际的葡萄园内碧云层叠，串串葡萄似座珍珠塔，使人心旷神怡。

遇见酿酒人

TerraVin 葡元酒庄：
就想做个手艺人

　　酿酒师 Gordon 其实也很想做个演员。业余时间，他还在当地的剧院登台表演。

　　他有一头很酷的鬈发，左耳戴了一个耳环。我们约好九点在另一家酒庄见面。Gordon 告诉我，他们是借用这个酒庄的设备酿酒。

　　我们去会议室聊了会，虽然是春天，但是那天的天气像冬天一样冷。Gordon 还特地拿了个取暖器。

　　Gordon 说之所以选择做酿酒师，其实是由于年轻时候危机意识导致的。二十几岁的时候，跟这个国家大部分的年轻人一样到海外去工作，他在欧洲待了几年，在希腊的一家船厂工作了一段时间。但是他觉得这份工作并不能长久地做下去，必须做技能性更强的工作。

　　虽然他喜欢表演，但表演工作不能带来安全感和舒适的生活。更重要的是，在希腊的时候，他遇到了从加拿大来度假的未来妻子。他必须为他们的将来做规划。

　　他们在希腊的一家舞厅相遇，然后约会了几周，妻子必须回国。他因为

TerraVin 酿酒之人

工作必须待在希腊。那是 20 世纪 90 年代初，手机网络还没有出现在人们的生活中。唯一互诉衷肠的手段就是写信。他们就这样通信了半年。最后 Gordon 结束工作，去加拿大待了几周，他们决定一起回 Gordon 的家乡新西兰生活。

妻子就这样只身投奔他而来，Gordon 的首要问题就是解决工作的问题。机缘巧合，他的朋友在奥克兰的一家大酒厂做酿酒师，繁忙的季节需要人手帮忙。于是他就去奥克兰工作了三个月。

在这三个月中，他下定决心做酿酒师。三十出头的他想重新选择自己的职业。

他给自己列了个表，把他想做的工作所必需的条件写了下来：第一，必须是要用双手来做，第二，必需跟人打交道。

> 在我看来，酿酒师更像个窗户清洁工。在品酒者和葡萄园之间隔着一扇窗户，而我所做的工作，就是把这扇窗户擦得更干净，让品酒者能看到葡萄果的美，尽量不去改变葡萄本来的口味。
> ——Gordon

酿酒师就符合他的要求，因为酿酒离不开双手，也离不开整个团队的合作。

于是他一边学习酿酒知识，一边继续在其他酒庄工作，就这样花了七年时间，他取得了学位，也在行业内积累了大量的经验。

在这期间，他在 Forrest 和 Seresin 都做过酿酒师。2010 年，他来到了 Terra Vin。Terra Vin 是 Mike Eaton 在 1999 年创立的，后来 Mike 卖掉

遇见酿酒人

酒庄的部分股份给英国、印度、瑞典等国的公司,现在就变成了一个由 15 人组成的管理集团。

聊天的时候他接了个电话,然后向我道歉:"因为是老板,不能不接。"我问是不是 Mike,因为他虽然出让了部分股份,但是仍持有公司 40% 以上的股份。

"不是,Mike 在年初的时候就已经把他手上所有的股份都卖掉了。"

至于他为什么卖掉股份,Gordon 说他也不知道。

我们继续讨论酿酒,Terra Vin 跟马尔堡地区别的酒庄不同的地方就是,别的地方可能以长相思白葡萄酒为主,这也是这个地区扬名世界的葡萄酒。而 Terra Vin 则是以红酒黑品诺为主。

葡萄园在矮山上,气温较平地要低,土质是黏土,而且日照时间也不同于平地。这些风土条件是种植优良果实的保证。

黑品诺被誉为"葡萄酒皇后",源自法国的勃艮第,也是该马尔堡地区唯一的红葡萄酒品种。它是公认的最难种植的葡萄品种,喜欢凉爽的气候,由于皮薄易受病虫害侵袭。但是酿出的酒最能反映土质特色。其酒色不深,但是香气细致圆润,顶级勃艮第的顶级庄园罗曼尼·康帝种植的葡萄 100% 是黑品诺。酒评人这样评价罗曼尼·康帝:馥郁持久的香气,精致醇厚,单宁细腻而有力,平衡而又凝缩,丝绒般的质地柔滑优雅,几乎将顶级黑品诺的优点集于一身。2011 年,香港佳士得名酒拍卖会上,三瓶普通装罗曼尼·康帝(1990 年)拍出了 44.2 万元人民币。

那么，离开故土的黑品诺在新西兰表现得怎么样呢？Gordon 告诉我，他们的葡萄园有黑品诺生长的最佳环境，在矮山上，气温较平地要低，土质是黏土，而且日照时间也不同于平地。这些风土条件是得到好的果实的保证。

"在我看来，酿酒师更像个窗户清洁工。在品酒者和葡萄园之间隔着一扇窗户，而我所做的工作，就是把这扇窗户擦得更干净，让品酒者能看到葡萄果的美，尽量不去改变葡萄本来的口味。"

Gordon 说这个故事是从他的酿酒师朋友那里听来的。他认为这个故事很好地表达了他的酿酒哲学。

"如果不做酿酒师，我可能会去做木匠或者奶酪制造者，因为这些事情都满足我对喜爱工作设定的两个条件，要用手，然后很棒的产品就出现了。几个月前在我生日的时候，我女儿送给我一个做奶酪的工具，我想那是我第一次做奶酪吧。哈哈。我没有勇气去做一个全职演员，因为这职业让我没有安全感。"

现在他业余时间主要做的事情就是陪十几岁的孩子，也很少去剧院表演了。几年前，两个孩子都看过他的表演。"我觉得孩子看到他们的父亲在舞台上如此疯狂，有点不好意思和尴尬。但他们还是很喜欢的，因为现在他们也经常去剧院。"

至于将来，他还会一直做个酿酒师，而且一直在马尔堡，"因为我就出生在这里，我喜欢这里的气候环境，我就是一直要做个手艺人。酿酒师就是我完美的梦想职业。"

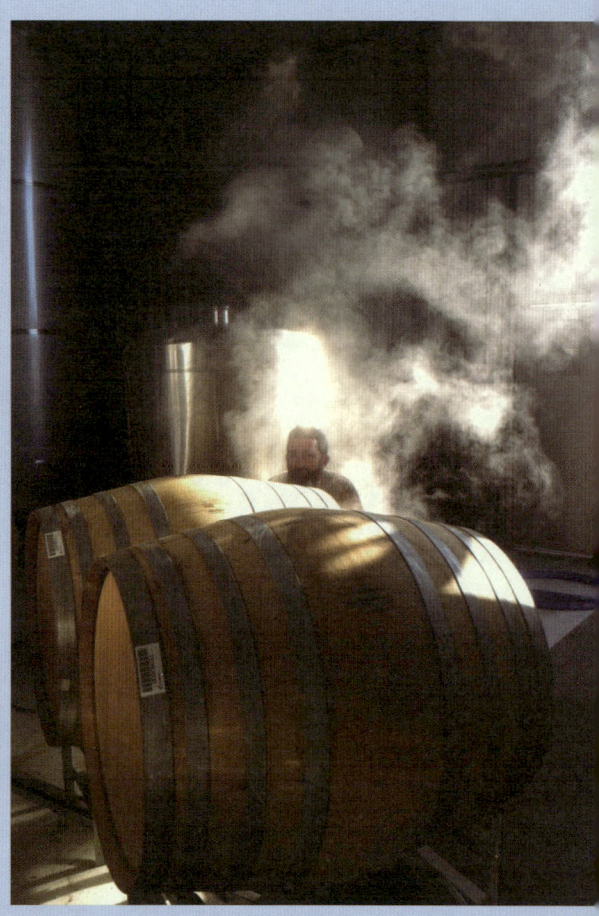

除了酿酒和拜访客户之外，Gordon 的大部分时间都是与家人和爱犬一起。

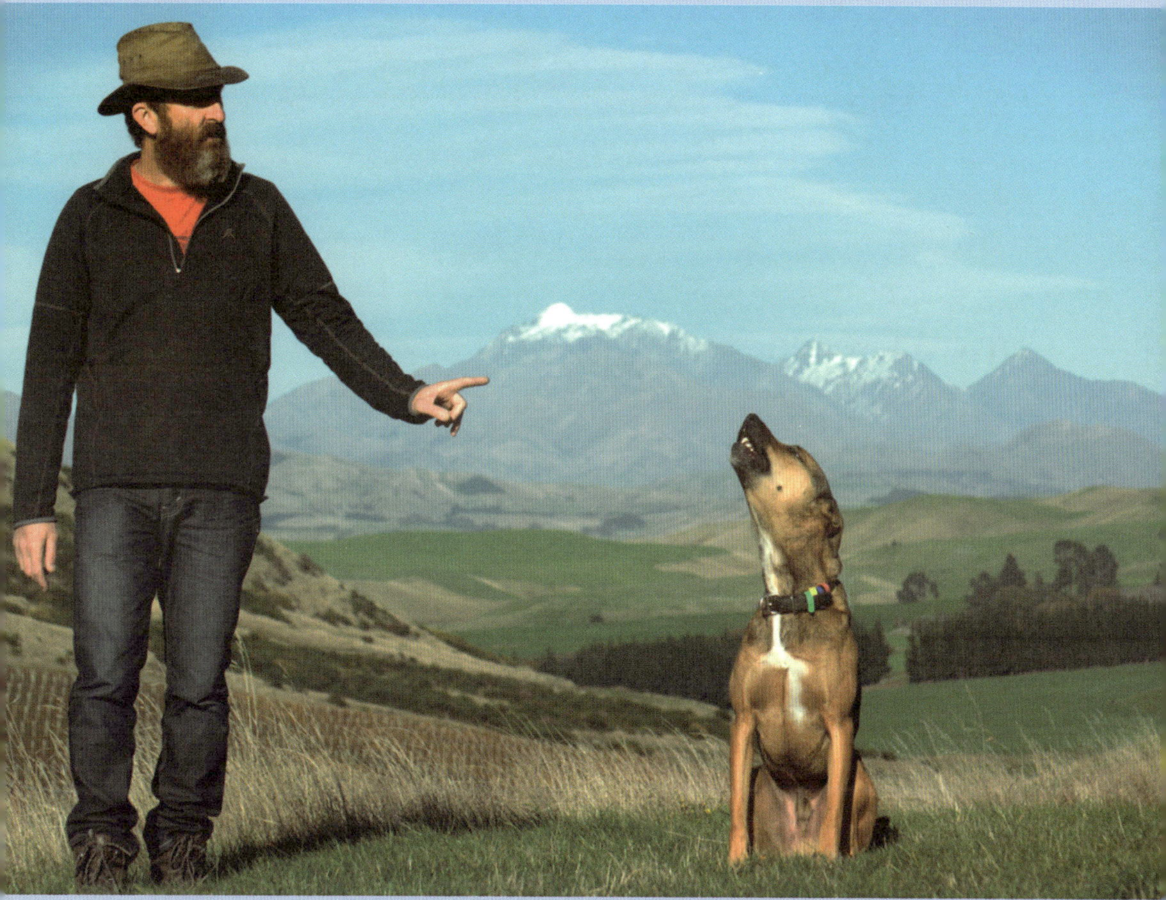

遇见酿酒人

Te Whare Ra 棚屋酒庄：
酿造"生活"的酒

　　Anna很健谈，她有着清亮的嗓音、瘦削的身材和清澈的眼神，人大大咧咧的。这是我第一次见Anna时的感觉。然后，我们约好了访谈的时间。

　　去Te Whare Ra酒庄的时候，正下着雨，已经很久没下雨了，这场雨正是葡萄生长所需要的。

　　到了品酒室，Anna的老公Jason先出来，告诉我Anna随后就到。原先以为只是跟Anna一个人聊，没想到Jason也会出来跟我聊天。我们就这样站在品酒室里聊了起来。

　　Jason告诉我，他自小就在Blenheim的葡萄园长大，父母在当地有片葡萄园，他和三个弟弟童年大部分时间都是待在葡萄园里的。不过，他的其中一个弟弟在二十一岁的时候，被卷入葡萄园的拖拉机下，不幸去世了。现在，一个弟弟还在葡萄园工作，另外一个则做别的事。

　　后来他也开始学习酿酒，随后在当地的一家酒厂工作，因为这家公司要在澳大利亚开设分公司，于是1998年，Jason就被派到澳大利亚的酒厂去工作。

Te Whare Ra
桐屋酒庄：酿造"生活"的酒

　　就这样，在澳大利亚工作期间，Jason 认识了 Anna，那个时候 Anna 是他的领导。"现在 Anna 依然还是我的领导。"Jason 哈哈大笑。
　　当初什么都没带就去澳洲的 Jason，再次回国的时候带回了一个妻子以及建造自己酒庄的梦想。
　　"Anna 最吸引我的是她的积极态度，当然她很漂亮，但是最主要的是跟她在一起，觉得很有安全感，她经常鼓励我，让我有正面积极的态度，在她眼里一切困难都会过去的。"
　　"2003 年我们决定酿造自己品牌的葡萄酒，当时我们有两个选择：或者去 Anna 澳洲的家乡，因为她的家乡也是著名的葡萄酒产区，或者我的家乡

Jason 虽然是酒庄庄主，但任何事情都亲力亲为。

131

Anna 最吸引我的是她的积极态度，最主要的是跟她在一起，觉得很有安全感，她经常鼓励我，让我有正面积极的态度，在她眼里一切困难都会过去的。
——Jason

马尔堡。最后，我们选择了我的家乡，当时正好有个酒庄要卖，不是很大，正好符合我们的预算，所以我们就这样回到了我的家乡，开始做自己的品牌。"

我们聊了 10 分钟左右，然后 Anna 出现了。Anna 说她正在忙点琐事，所以来迟了。

"为什么选择酿酒？"

"Jason 和我都出生在葡萄园，所以可以说这就是我们熟悉的生活方

Te Whare Ra
棚屋酒庄：酿造"生活"的酒

式。"

"我喜欢种植，我喜欢不一样的事情，酿酒就是充满了变化的工作，每年都不一样，不一样的天气，不一样的果实，不一样的酿造手法，这让我觉得充满挑战和乐趣。"Jason这样说道。

其实一开始，怎么卖出去自己的酒是摆在这对夫妇眼前最大的问题。因为要生存下去，必须为自己的酒找到市场。

"有人说，拥有自己的葡萄园和酒庄该是多么惬意的事，但是这对我们来说，完全跟惬意无关，酒庄就是我们谋生的手段，我们必须依赖酒庄来支付各种账单，来生存。当然除了生存外，酒庄也是我们的梦想所在。我们的目标是做这个地区最好的酒，就像法国勃艮第的名庄。酒庄虽然小，但这也让我们事事亲力亲为，这样我们就能更好地控制各个环节，酿造出更高品质的酒。"Anna说。

"我们的葡萄园是有机的，因为不用化学杀虫剂，葡萄果全部人工采摘，没有机器，所以我们的四个女儿在葡萄园里跑来跑去是非常安全的。因为我们想要葡萄果能纯粹地体现这片风土。"

他们的酒目前虽然主要在新西兰的餐馆销售，但是酒庄的海外经销商，有很多是慕名找到他们的。比如德国的经销商就是在新西兰的一家餐馆喝到了他们的酒，然后发E-mail过来要在德国卖他们的酒。新加坡的经销商也是自己找到他们的。

Anna说她喜欢去海外跑市场跟不同的人交流，"我不像很多酿酒师那样不喜欢说话，我很喜欢跟人交流，我喜欢告诉别人我们酒庄的故事，跟完全不懂葡萄酒的人，我也能跟他们讨论葡萄酒"。因为开朗的性格，Anna还曾担任马尔堡地区葡萄种植联合会的主席。

酒庄目前最让他们自豪的酒是"Toru"，Toru是毛利语，意思是"三个"。而这款酒正是由三种白葡萄品种——琼瑶浆、雷司令和黑品诺混合酿造而成。同为酿酒师的他们尝试了很多次，才得到正确的比例，才让这款酒既具有琼瑶浆的辛辣香气和重量，也有雷司令的长度、结构和黑品诺的质

Anna 和 Jason 的两对活泼可爱的双胞胎女儿，从小在父母的影响下学习葡萄酒的知识，并参与到葡萄园工作中。

地。这让此款酒在英国、澳大利亚等地非常流行，于是新西兰很多别的酒庄也开始效仿他们的做法，他们也说这让他们感到很自豪。

关于将来，他们说会一直坚持做酒庄，并且要酿造最好的酒。这需要日复一日大量琐碎的工作，同时还有四个年幼的女儿需要照顾。因此，度假对他们来说是很奢侈的事情。

"也许下次的度假就在附近的海湾转转吧。"Anna 和 Jason 同时笑道。

不过四个孩子现在也参与葡萄园的工作中来，虽然老大只有九岁，但是

Te Whare Ra
棚屋酒庄：酿造"生活"的酒

在收果选果的季节，他们会在葡萄园里帮助爸爸妈妈。并且他们也开始学习葡萄酒知识，比如爸爸妈妈让她们尝一些葡萄果，然后让她们说出所尝果子的葡萄种类。

老大 Emily 五岁的时候，刚刚学会写字，有天听到爸爸妈妈在说怎么卖出更多的葡萄酒。她就拿出一张卡片，写上"我爸爸妈妈的酒庄是世界上最好的酒庄"，然后放在酿酒室里。

Anna 说这就是做酒庄让她感到最快乐的：一家人在一起，孩子从小就在父母身边长大，知道爸爸妈妈在做什么，并且参与进来。而不像很多别的父母在外工作的家庭，孩子根本不知道父母在做什么。

Anna 说，酒庄名字 Te Whare Ra 是拉丁语，意思是阳光下的小屋。"希望我们的酒庄酿造的佳酿带给人温暖，就如阳光下的小屋。"

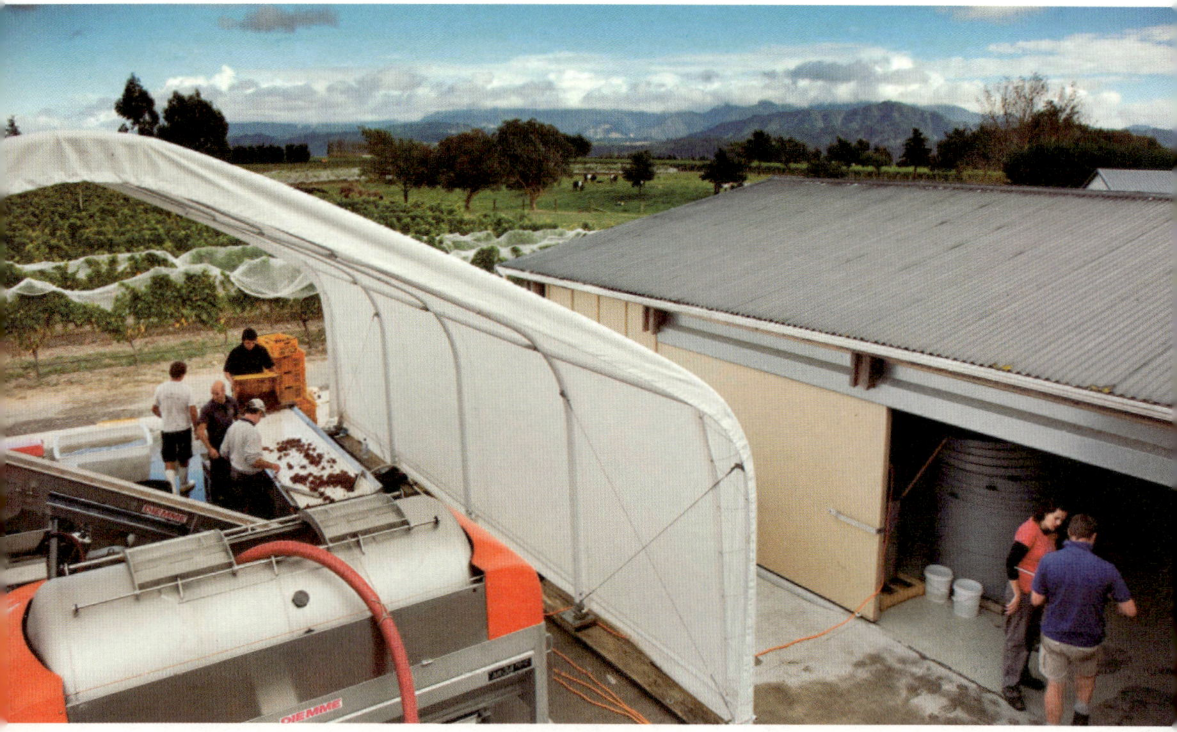
DIEMME

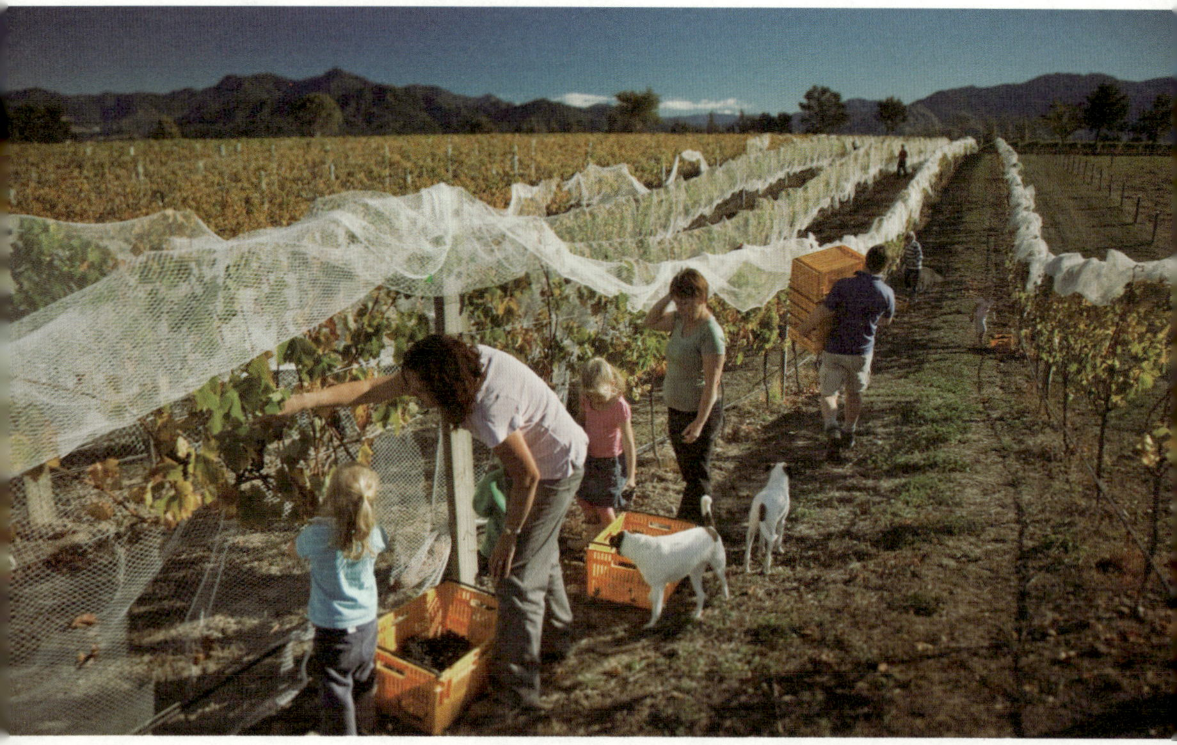

从葡萄园采摘下来的葡萄，立即被送往酿酒厂，进行酿酒制作。

Fromm 福若酒庄：
从学徒到酿酒师

Hatsch 是瑞士人，高高瘦瘦，留着大胡子，一副文艺青年放荡不羁的样子。但是跟他聊天，你发现他谦虚谨慎中带着热情。他的语速很慢，一个问题他总要想一会，然后慢条斯理地回答。

1982年，他从瑞士来到新西兰。因为那个时候欧洲正好处于"冷战"的后期，为了"逃避"冷战风云，年轻的 Hatsch 就想来到地球的另一端。因为从小在葡萄园长大，来到新世界在葡萄园打工就是他唯一的选择。

没想到就这样在新西兰一待就是三十年。

"我所有的酿酒知识都是来自实践，我没有到学校去学过，我都是跟着酒庄的酿酒师后面学习，所有的知识都来自一手经验。" Hatsch 说，"学校也许会告诉你很多规则，比如什么可以做什么不可以做，但是在实践中遇到的问题也许不能用这些规则来解决。我常常说经验是知识，其他一切都是信息。解决问题需要的是知识，而不是信息的堆砌。"

就这样从葡萄园的小工做起，他在新西兰北岛著名的葡萄酒产区 Gisborne 的一个酒庄待了十年，他称这十年为"学徒十年"。

Hatsch 在实验室里调配葡萄酒，
这是酿酒师工作的一部分。

  与此同时，从瑞士来的 Georg 和 Ruth Fromm 夫妇，在新西兰南岛 Blenheim 买了片葡萄园，准备做自己的葡萄酒，他们需要一个既要懂新西兰酿酒方法又要懂旧世界酿酒方法的人。最后，他们通过朋友关系找到了 Hatsch。

  于是从 1992 年酒庄开始，他就来到酒庄担任酿酒师，直到现在。

  令人唏嘘的是，虽然当时酒庄是夫妻俩一起开创的，但是最终这对夫妇是以离婚把酒庄卖给别人收场。Georg 回到瑞士，因为他在瑞士还有片小的葡萄园，同时他并没有完全卖掉 Fromm 的葡萄园，还拥有其中的一部分，而 Ruth 则带女儿去了离 Blenheim 两个小时车程的旅游小镇凯库拉买了个餐馆做生意并开了舞蹈工作室。

  一直在坚守的是 Hatsch。

遇见酿酒人

  1992年，他带着妻子举家搬到 Blenheim 在 Fromm 酒厂工作。

  在酿酒上，Hatsch 觉得好的酒必须源自好的葡萄和土地，所以他们一直在为有机种植葡萄园做努力，并且他们为了让葡萄树的根能到达更深的土地，他们停止灌溉葡萄园。但是这个过程花费了数十年时间，因为必须一点点地停止灌溉葡萄园，直到葡萄树慢慢地适应了这样的环境，他们才完全地停止灌溉，葡萄园慢慢就变成了"Dry farm"（不灌溉农场）。这让葡萄树根能深入地下吸收更多的微量物质，产出的葡萄风味物质更多，酿成的葡萄酒香味更为细腻，单宁紧实，陈年潜力更大，有一种馥郁的矿物质味道。这一

黄昏里的葡萄园和酒庄

Fromm
福若酒庄：从学徒到酿酒师

每一款好酒都离不开团队的紧密合作

过程使得当地的土壤、气候与之完美匹配，因此能产出最优质的葡萄，并且这一举措还节省了大量的淡水。

当然这一过程是有风险的，很多葡萄树可能因为不适应条件的改变而枯萎死去。这些都是酿酒人最高的追求，永远在细节上努力，包括在酿酒的时候播放音乐。

喜欢古典音乐的 Hatsch 总是一边在酿酒室工作，一边播放古典音乐。"古典音乐不仅能帮我思考，而且对葡萄酒很好。因为音乐能让动植物放松。"

　　Hatsch 说如果他现在还年轻二十岁,可能会选择在歌剧院做个幕后工作者,因为这是他最大的爱好。他享受在听歌剧时的那份空灵,让他忘记了所有的烦恼。

　　采访结束的时候,Hatsch 带我去他的酿酒室看了看,果然,iPod 和一套音响设备在那,他随即拿了遥控器给播放了一段。

　　"音乐让我宁静,让我更好地沉浸在酿酒的过程中。"

　　Hatsch 最喜欢的葡萄是令人最难以捉摸的 Pinot Noir(黑品诺),这也是 Fromm 酒庄最让人乐道的酒。他喜欢喝黑品诺红酒。也喜欢买法国勃艮第的黑品诺,"因为每瓶黑品诺都不一样"。

　　喜欢美酒的 Hatsch,平时最喜欢的事情就是烹饪,他喜欢做饭给妻子和儿子吃。而他的妻子是新西兰当地的岛民毛利人,因为他很喜欢毛利文化,而且他认为要想真正懂得新西兰,必须要懂得毛利文化。

工作和家人都是 Hatsch 生活中不可或缺的一部分。

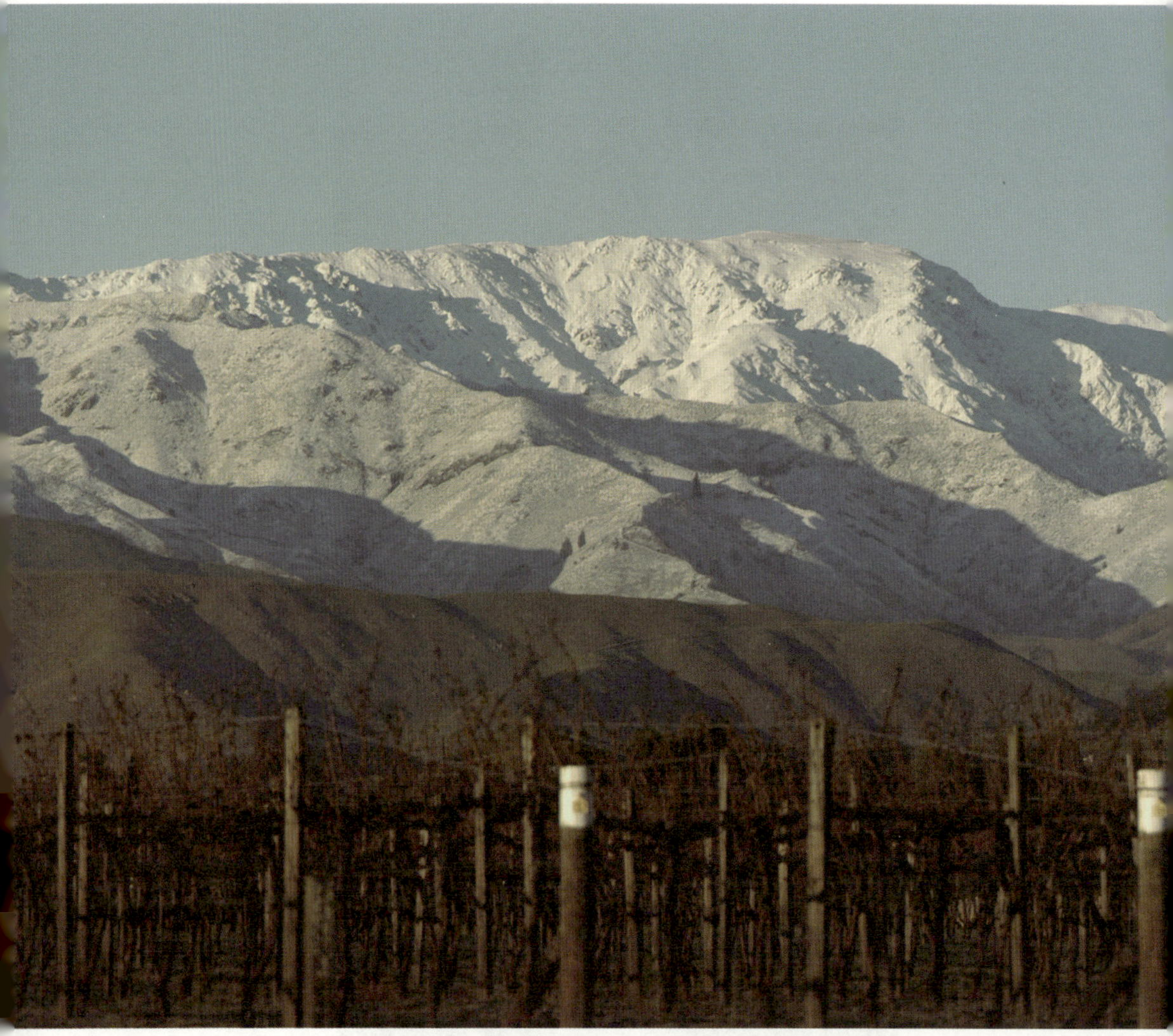

冬季的葡萄园在为下一季的生长贮藏着能量。

遇见酿酒人

Kim Crawford 金凯福酒庄：
澳洲小伙的酿酒情怀

现在 Kim Crawford 已经不属于 Kim Crawford 了。

因为，酿酒师 Kim 把自己做的品牌 Kim Crawford 以近 6000 万纽币（约合人民币 3 亿）的价格卖给了加拿大的酒业巨头 Vincor，后者最后和美国的酒业巨头 Constellation 合并，所以现在的 Kim Crawford 品牌和前文中的 Drylands 酒庄一样同属于 Constellation 旗下。

Kim 是从 1996 年开始做这个品牌的，到 2003 年卖出，只花了 7 年时间。

这是个非常励志的故事，跟苹果电脑的创办人乔布斯在自己家的车库里组装出第一台电脑一样，Kim 和妻子 Erica 也是在奥克兰自己家多余的房间里酿造出第一瓶自己的葡萄酒的，而那个时候，他们没有一寸属于自己的葡萄园。在面对别人的置疑或者自己的一个想法的时候，Erica 经常说"why not""为什么不可以？为什么不去尝试一下呢"。

第一年，他们用买来的葡萄酿造出了 4000 箱葡萄酒。2 年后他们的酒就出口到美国了。3 年后，他们在新西兰北岛的葡萄产区 Hawke's Bay 建

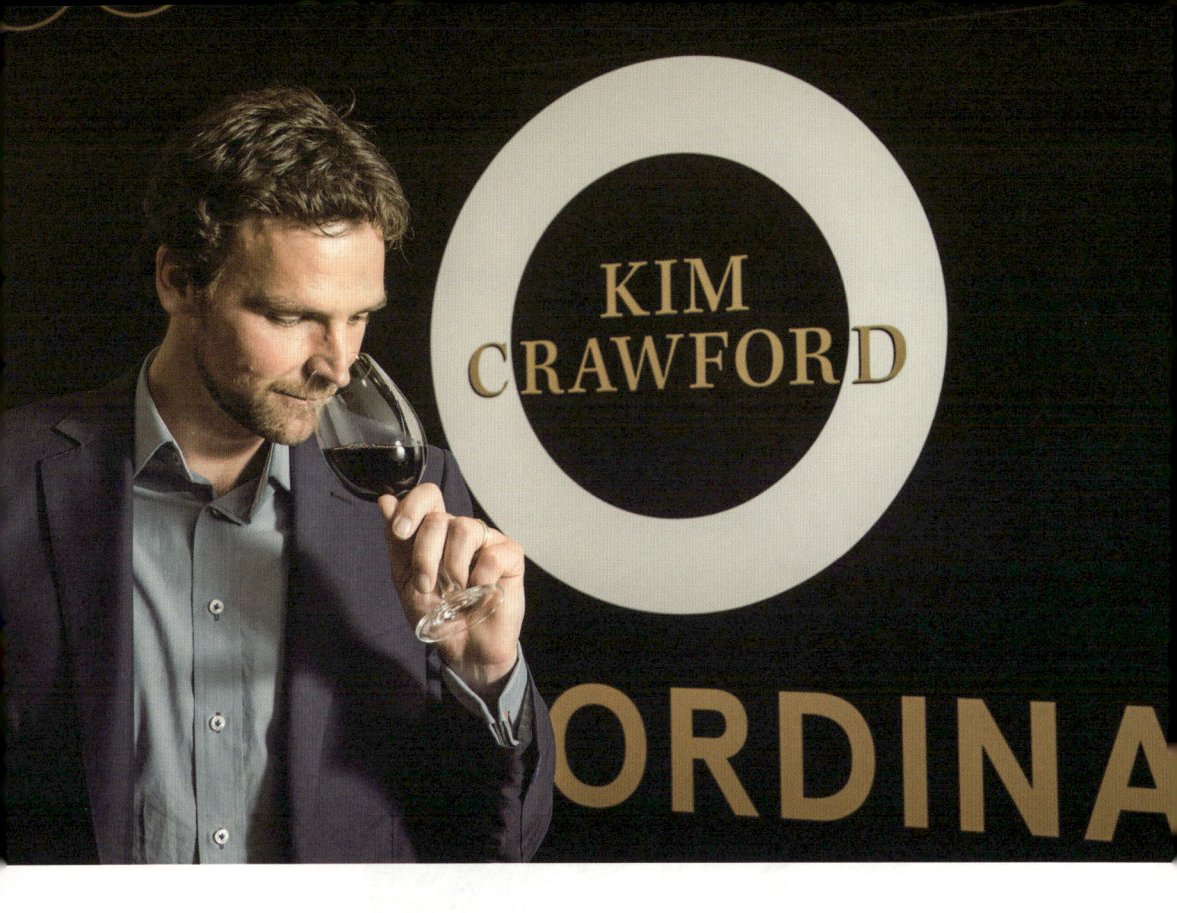

> 酿酒工作最有趣的就是每天都不一样，跟很多人打交道，跟葡萄打交道，每天都有新的事情需要处理，每天都是变化的。
>
> ——Anthony

造了属于自己的品酒室，然后他们的办公室终于也从自己的家里搬到奥克兰的写字楼。4年后，他们在南岛马尔堡开始租酿酒厂并且购买葡萄园，在这个过程中，他们的酒也在各种大赛上获奖，于是他们的公司的资产在7年时间里从0到最后6000万纽币。

一切都源自内心深处的那个小小的梦想。永远不要说条件不成熟不能做，也许缺少的就是那一点不顾一切的行动力。

Kim卖掉自己的品牌后，重新做了个葡萄酒品牌。但是，他必须十分小心不能再用自己的名字做任何市场宣传活动。

遇见酿酒人

现在的 Kim Crawford 品牌跟时尚活动联系很紧密。2010 年他们赞助了从纽约到奥克兰的奔驰时尚周活动。2012 年跟时尚摄影师 Miles Aldridge 合作 "Undo Ordinary" 运动,将异想天开的意象和时尚摄影完美融合,产生了出乎意料的效果。最有趣的是他们的两款经典佳酿——长相思系列和黑品诺系列,被创造出可以结冻为草莓柠檬草冰棒和黑莓冰棒这样的品尝方法,奇特又新颖,可以说是葡萄酒爱好者们的另类选择。2013 年他们赞助了新西兰时尚周。

Kim 离开后,首席酿酒师的职责就落到他的助理酿酒师 Anthony Walkenhorst 的身上。

酒庄品牌跟时尚活动联系很紧密,Anthony 经常出席各种酒展。

Anthony 高高瘦瘦,有着和电影明星一样漂亮、深邃的蓝色眼睛和鬈曲的栗色头发。他话不多。

1980 年,Anthony 出生在澳大利亚,由于在高中时候对化学的热爱,他在大学时选择了酿酒专业。对他来说坐办公室的工作毫无吸引力,而酿酒意味着和大片葡萄园打交道,并且能

Kim Crawford
金凯福酒庄：澳洲小伙的酿酒情怀

亲自做很多事情。

大学毕业后，他去了加拿大一个酒厂做了个收获季，约 4 个月时间。然后就来到新西兰的 Kim Crawford 酒庄做另外一个收获季，在新西兰的 3 个月时间里，他彻底地喜欢上了这里，于是他申请了酒庄的长期工作，决定留在新西兰生活。

Anthony 在澳大利亚的墨尔本长大，对葡萄酒的热爱可以说从很小的时候就开始了。

"16 岁的时候，我正在上高中，假期的时候一般都是到父母朋友的公司去工作。我试过去做网球教练，但是一点也不喜欢那份工作，因为太多的小孩跑来跑去，太吵闹了。正好那个时候我哥哥的女朋友在一家酒庄的餐馆工作，于是她建议我到她工作的酒庄去工作。"

因为那个时候是收获季节，一年中酒庄最忙最需要人手的时候。于是，Anthony 就在酿酒室、葡萄园里帮忙。

"虽然工作很辛苦，但是我真的享受这样的工作。因为这是户外工作，不是坐在办公室里，满眼漂亮的风景，这是我非常喜欢的。我想我将来一定要在酒庄、在葡萄园工作，于是我一直朝着这个方向努力，然后就学习了酿酒。"

Anthony 说，酿酒工作最有趣的就是每天都不一样，跟很多人打交道，跟葡萄打交道，每天都有新的事情需要处理，每天都是变化的。而最困难的部分也是在这里，因为"天气"不在控制范围内。

对他而言，最重要的，除了在大学学习酿酒知识，他还在那个时候认识了现在的妻子。现在他们已经在新西兰安定了下来。说到将来的打算，Anthony 说很满意现在的生活状态，并不会改变太多。

除了酿酒，就是花时间陪伴他的三个女儿，大女儿六岁，二女儿四岁，最小的一岁。

"我很享受跟家人在一起的时间。"

美酒产自风景优美的葡萄园

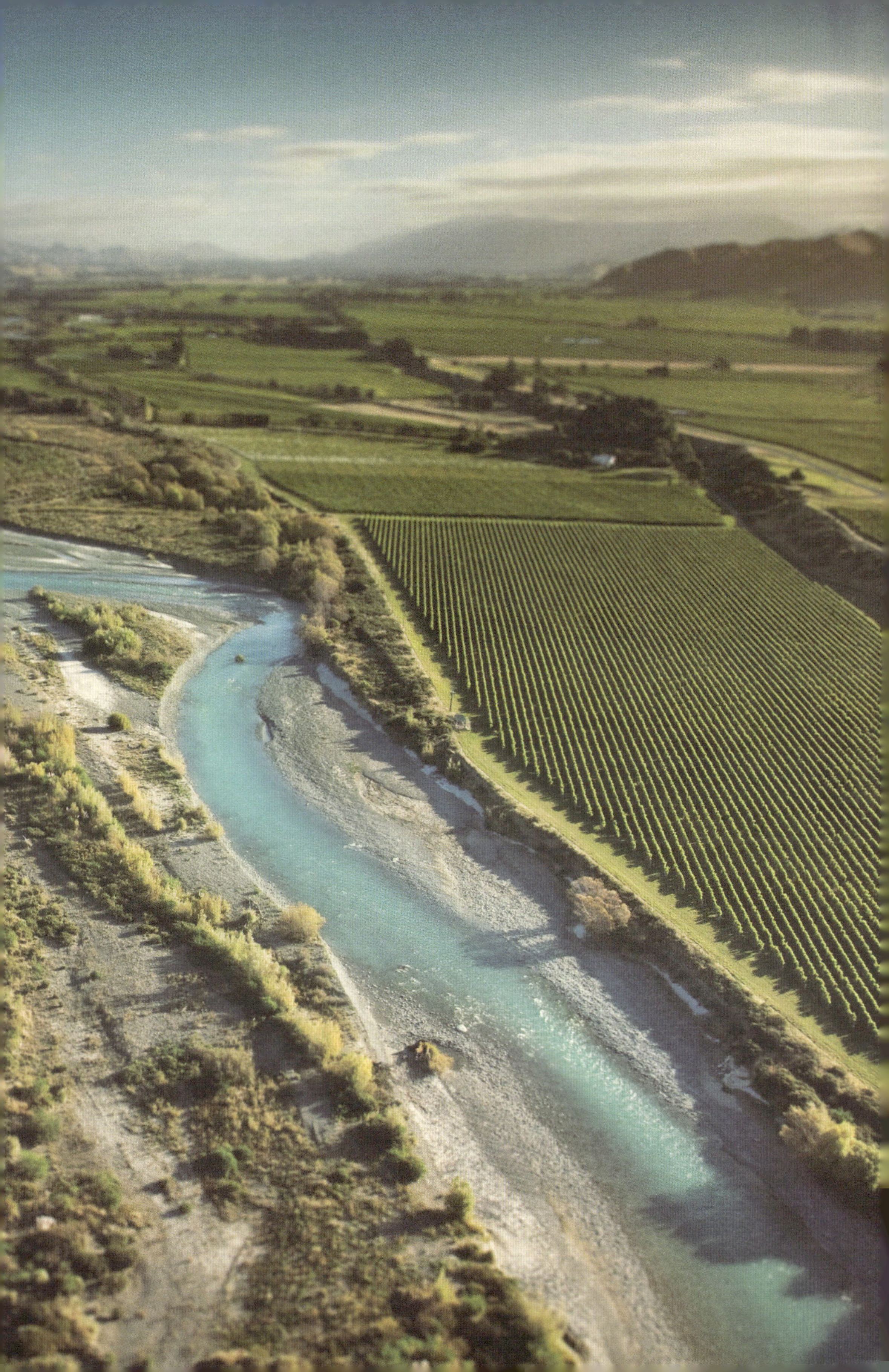

遇见酿酒人

品酒先是观色，即观察和对比葡萄酒的颜色和透明度。第二步是闻香，摇杯能促使葡萄香气的释放。最后是品味，即小呷一口，让口腔充分接触到酒液，深切体会葡萄酒的风味。

Framingham 富民堡酒庄：
酿酒师中的"贝多芬"

贝多芬二十六岁时听力减弱，这对音乐家来说无疑是最残酷的打击。但是贝多芬没有放弃音乐，他的几个传世名作反而是在听力有问题后创作出来的。

而 Framingham 的首席酿酒师 Andrew 可以说是酿酒师中的"贝多芬"——因为咽喉癌，他的咽喉被切除，因此味觉和嗅觉受到了极大影响，这对酿酒师来说无疑是极大的打击。但是他并没有放弃酿酒，相反他之后酿的酒还得了一些奖。

没有了咽喉的 Andrew 必须借助电子发声器说话，所以见面的时候，Andrew 抱歉地说道："不好意思我的声音听起来像《神秘博士》中的机器人戴立克。"我问道："长时间的说话会不会让你难受？"

我有点担心我的采访会对他的身体造成伤害。

"不会的，就是我的这个手指有点疼。"

他伸出了食指，因为在说话的时候他必须用这个手指一直按住发声器上的按钮。于是我尽量地缩短访问时间。

遇见酿酒人

其实，Andrew是英国人，之前是化学博士，在英国他有很好的工作。但是有一天他和妻子决定做些改变，决定搬出英国，到另一个国家重新开始生活。

"之所以选择新西兰，是因为我们之前来旅游的时候喜欢上了这里辽阔的空间。"

于是他们开始搜集移民信息，并开始找工作，Andrew觉得自己在化学方面有特长，那么与之相关的酿酒工作应该可以试试。于是，他去了伦敦的酒展，希望在那里可以遇见新西兰酒庄的人。

在酒展上，他遇到了来自澳洲Yalumba酒庄的Allan Hoey，他跟新西兰的一些酒庄有联系。他给了Andrew新西兰一些酒庄的联系方式，但是他始终没下定决心打电话，直到有一天，他的妻子在报纸上看到一则招聘启事，是新西兰一家酒庄招实验室的管理人员。而这家酒庄就是Allan推荐的酒庄，一切都顺理成章。

Framingham
富民堡酒庄：酿酒师中的"贝多芬"

那是 1997 年的圣诞节，酒庄工作人员问 Andrew 是否可以元月份开始工作。于是他就这样绕了大半个地球飞到了新西兰，几周后他的妻子在英国打包行李也到了新西兰。

就这样，对酿酒几乎一无所知的他投入了酒庄的工作中，1998 年，他经历了人生中的第一个收获季，一切虽然都是从头开始，还好他的化学知识帮了他，3 年半后他把自己训练成了酿酒技术人员，就跳槽到了 Framingham 酒庄。

Framingham 最早是由惠灵顿的工程师 Taylor 在 20 世纪 80 年代初所创立的，他对雷司令情有独钟。Framingham 的雷司令现在在马尔堡地区中，树龄是最老的。但是他急于扩张酒庄，结果导致资金不足，最后不得已卖给澳洲的一家公司，几经周转，现在为葡萄牙的一家公司所有。

就在这几经转手的过程中，Andrew 始终待在酒庄做酿酒师，只不过从最初的助理酿酒师变成了现在的首席酿酒师。

"第一次负责酒庄所有酿酒工作的时候，我还是很紧张的，但是最后的

遇见酿酒人

Andrew 是英国人，之所以选择生活在新西兰，是因为之前来旅游时爱上这里辽阔的空间，并从事酿酒师的职业。

结果是这些酒还不错。我想我也是比较幸运的。不过我利用一切时间学习，连上厕所的时候都不例外。"

就在他以为生活正常进行的时候，2006年，他被诊断为咽喉癌，而且必须切除咽喉。医生必须在他的胸前开个"洞"，这样以便让他通过肺部直接呼吸。

"现在的我必须找到新办法来品尝和闻葡萄酒。品酒需要借助呼吸，用你的舌头和嗅觉来感觉酒的味道和香气，现在我不能用鼻子来呼吸，那么我就必须学会重新辨别各种味道，我必须很缓慢地吞下葡萄酒，仔细辨别各种味道。"

现在的 Andrew 还继续着他的酿酒师职业，并且将一直做下去。除此之外，他和妻子还从事葡萄酒进口的生意。这个生意是他们小小的爱好，他们会在旅行的时候，一边看风景，一边品酒，然后选那些有独特个性小酒庄的酒。

至于将来怎样，Andrew 也没有打算，现在的他最多只会打算几周后的事。他和妻子并没有孩子，打算一直这样做丁克家庭。他妻子则喜欢电影和唱歌，还在当地的歌剧院兼职当个歌者。他们就这样享受着两个人的世界，不急也不缓。生活带来的变化，无论是好是坏，他们都坦然接受。

酒庄的工作细致而琐碎

橡木桶储存葡萄酒，主要是因为橡木桶里含有鞣炭酸单宁、香兰素等精华，并且橡木桶可以为葡萄酒提供微量氧化的作用，从而使酒体和香气在陈年过程中更加多变。

Mahi
玛禧酒庄：蜗牛的哲学

Mahi 玛禧酒庄：
蜗牛的哲学

  Brian很亲和，远比照片上看上去亲和很多，他有张娃娃脸，嘴角还带着笑意，见面就关心地问："你是住在这里吗？"然后，就跟我推荐他昨天晚上去的镇上的一家餐馆，让我一定要去试试，因为价格便宜，而且好吃。说着说着，就给我画起了地图，详细地告诉我怎么去那家餐厅。我们说了很多题外话，我拿出我的采访名片夹，他饶有兴趣地看着名片上的人名，跟我聊起了他们：

  Drylands的Darryl在奥克兰给了他第一份工作，Lawson's dry hills的酿酒师的妻子设计了他们的商标等等。

  其实，Brian是个可爱的话痨，他语速适中，总是让人感觉很舒服，让人有一直想跟他说下去的冲动。

  Brian出生在新西兰最大的城市奥克兰，至于为什么会选择当酿酒师。Brian说说来话长，他在大学学习的是植物学。然后利用晚上的时间在一家酒铺工作，而这家酒铺为一个酿酒师拥有。而说起能得到这家酒铺的兼职工作，完全是出于"幸运"。因为酒铺老板不知道怎么从最后选定的三个人中确定一个,于是老板就决定看这三个人的星座哪个能给他带来幸运,结果巨蟹座的 Brian 完胜。

就这样,Brian 沉浸到葡萄酒的环境中去,并渐渐对之有了兴趣,他想在寒暑假的时候能在一些葡萄园和酒庄工作,于是他给他们写信,希望得到兼职。只有一家酒庄 Cooper's creek 回信了,Brian 就在这家酒庄的品酒室工作了一个假期,然后他又继续在这个酒庄的酿酒室工作,当时酒庄的酿酒师是 Kim Crawford (Kim Crawford 品牌的创始人)。

经过了这些短期的工作后,他彻底爱上了葡萄酒。然后去法国工作了一个收获季,再去澳洲读了个酿酒专业的研究生。然后回新西兰先后在几个酒庄工作,随后又到南美的智利工作了 3 年。

Brian 大学学习植物学并在酒铺兼职,渐渐爱上了葡萄酒,最后创立了自己的品牌。

春天拖拉机在葡萄园里除草，是为了防止春冻。

  3年后，Seresin 成立后给 Brian 发了工作邀请，Brian 决定回新西兰工作。在 Seresin 酒庄工作了 11 年后，他决定创建自己的品牌。因为喜欢字母"M"（他的两个孩子 Max 和 Maia 的名字都是以"M"开头），所以他选择了 Mahi 作为酒庄的名字。此外，Mahi 在毛利语中是"我的作品"的意思。他希望他的酒能够告诉世人："我们产自新西兰，我们有自己的个性。"

  另外酒庄的商标形象是一只蜗牛。"之所以选择蜗牛，是因为酿造好酒需要时间，我们希望能一步步地做下来，而不是急于求成。"

  说到创建酒庄最大的困难，Brian 说："你是真的要热爱葡萄酒而不能纯粹只是把它当成生意做，我看过太多人不喜欢葡萄酒而建造酒庄，这样你就不可能有自己的个性。所以我觉得最困难的是要确定葡萄酒的个性。酒庄的个性，让人感觉到你是爱酒的、懂酒的，所以你才能酿出来好酒。"

"我们用野生酵母来发酵,尝试在这个地区不同地点建立葡萄园来获得不同个性和风味的葡萄果。"

如果你去酒庄品酒室,你会看到品酒室的墙上挂着很多葡萄园种植者的照片和他们的生活简介,Brian 说他希望告诉来酒庄参观的人,酒背后人的个性故事,以及这些个性怎么反映到他们种植的葡萄上来。

Brian 的妻子 Nicola 则负责酒庄的形象设计。"我们俩是从好朋友变成情侣的。Nicola 出生在新西兰但是在加拿大长大,我们在新西兰刚见面的时候,彼此都有男女朋友,后来我跟女朋友分手后,很伤心,就到处去旅行。我到加拿大去玩的时候见到了她,随后我们在英国又见面了,就是在英国我们超越了好朋友的关系,变成了男女朋友。"

但是因为当时各自都有学业没完成,Nicola 在加拿大学设计,他们相约

庄主和酿酒团队在品尝讨论新酒的熟成情况,从而决定下一步的酿造步骤。

Mahi
玛槽酒庄：蜗牛的哲学

等她学业结束就到新西兰来，看看两个人能否生活到一起。现在，他们已经结婚多年并有了两个孩子。

Brian和妻子一直在大城市生活工作，比如奥克兰、伦敦和圣地亚哥，在总人口两万多的小城镇生活是他一直没想到的。而现在他们渐渐习惯了生活在这个宁静的小镇。

"虽然这个地方小，但是这里的人来自五湖四海，没有人会因为你不是本地人而觉得奇怪。"

Mahi的酒现在虽然没出口到中国内地，但是Brian说自己跟中国颇有缘分，早在20世纪80年代初他和弟弟一起去中国旅行了6周。说起这6周的旅行，Brian还印象深刻，当时还没有很多外国人到中国旅行，当他们在一家小餐馆坐下来吃饭的时候，很多人都围过来看他们并且摸摸他们的头发，他至今还记得一个中文单词——"洋鬼子"。

之后，他弟弟就决定在大学学习中国文化，然后又到北京去教英语，还娶了位中国老婆，弟弟他们现在在新西兰的首都惠灵顿生活。说起他的两个孩子，Brian笑笑："他们至今还没对葡萄酒感兴趣。但是我不会强迫他们将来一定要跟我一样从事这个行业。"

说起工作之外的业余爱好，Brian说到处旅行买美酒显然是他最大的爱好。当然，他最为享受的还是每周二晚上到自己的那艘102岁的船上跟大家一起去航行。至于将来的打算，Brian倒是没有太大野心。他希望酒庄变得大一点，但不是规模上的，而是酿造出更多种类的酒。比如试试霍克斯湾的西拉、中奥塔哥的黑品诺，或者命名一些新的系列。

一个多小时就这样在谈话中过去，他的表述让我感觉到他不温不火的性格，真的像他自己所说"Take it easy"(慢慢来)。也许这就是他选择蜗牛作为酒庄象征的原因，因为他的性格中有着让人景仰的耐心。无论是他的感情生活，还是他的事业，还是酿造的酒都要在时间中沉淀等待结果。

163

之所以选择蜗牛作为酒标,是因为酿造好酒需要时间,我们希望能一步步地做下来,而不是急于求成。

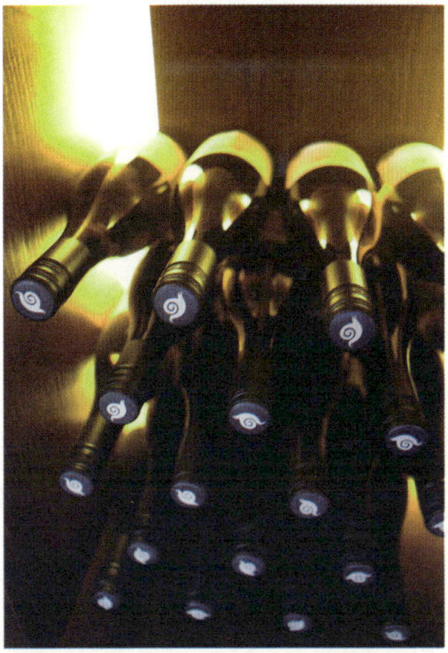

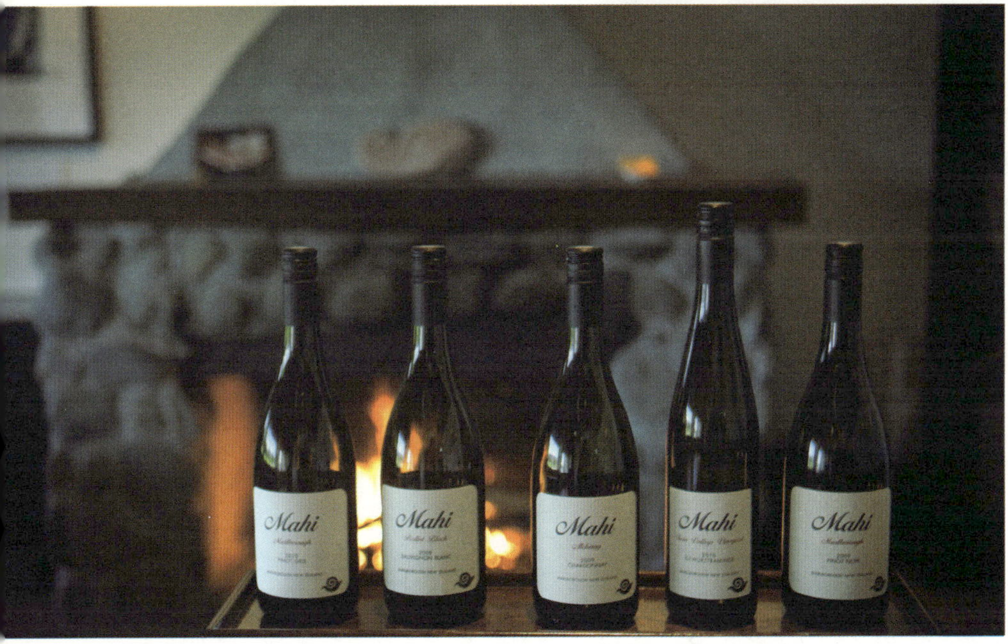
Mahi
Mahi
Mahi
Mahi
Mahi

遇见酿酒人

Dog Point 多吉帕特酒庄：
一对朋友 一个酒庄

　　Ivan和James两个人有着迥异的性格。Ivan内向一点，不怎么说话，见面只是友好地跟你打招呼。他是酒庄的葡萄种植专家。Ivan年轻时参加划艇队，曾经获得1976年奥运会的铜牌。他跟妻子在20世纪70年代马尔堡地区刚刚开始种植葡萄的时候，就把自己的土地变成了葡萄园。现在Dog Point的葡萄园产出的葡萄80%仍然卖给Cloudy Bay。

　　而James则喜欢说话，他是葡萄种植和酿酒专家，他会一直跟你说啊说啊，会跟你解释很多。这也许是为什么James出来接受我采访的原因。他也非常有亲和力，你跟他谈话的时候，可以感觉到他很尊重你，不是把你当门外汉。

　　是的，这两个男人曾经都在新西兰鼎鼎大名的酒厂Cloudy Bay工作了十几年，就这样他们相识相知并且一起创业。

　　我去酒庄的时候，是个炎热的夏日中午。James热情地过来跟我握手，然后招呼我上车："我们去葡萄园聊吧，这样你能更好地了解我们的酒庄。"酒庄的两只友好的大狗，看到James上车了，欢快地在车前奔跑。它们也喜

Dog Point
多吉帕特酒庄：一对朋友 一个酒庄

欢凑热闹去散步。

在车里，James 告诉我他喜欢上葡萄酒实际上是受到了父亲的影响。20世纪70年代，葡萄酒消费在新西兰还没那么流行。但是 James 的爸爸却通过各种渠道收藏了许多葡萄酒。耳濡目染，上大学的他也开始对葡萄酒产生兴趣，并且还在大学里参加了一个葡萄酒品鉴的兴趣小组。虽然在南岛奥塔哥大学学的是微生物科学，看起来跟酿酒没有关系。但是实际上对他以后的酿酒生涯起到了很大的帮助。因为酿酒实际上涉及很多微生物学上的知识，比如酵母的发酵、葡萄酒的稳定性等都是跟微生物学有关系的。

大学结束后，他决定到澳洲去做酿酒专业的研究生。研究生一毕业后，他就到奥克兰的一家大酒厂工作，先是从酿酒师助理开始。在奥克兰工作几

Ivan 和 James 都曾经在新西兰鼎鼎大名的酒厂 Cloudy Bay 工作了十几年，就这样他们相识相知并且一起创业，酿造属于他们的酒。

年后，他举家来到马尔堡在 Cloudy Bay 的酿酒室工作，再到现在酿造属于自己的酒。

James 总结自己的酿酒历程实际上是有三个阶段的：

第一个阶段 7~8 年应该是属于学习的阶段，在大酒庄学习酿酒的方方面面。这个时候的自己也就是大机器上的一颗螺丝钉。

经过这几年的积累后，他领悟到了酿酒的第二阶段，他想更多地了解葡萄，准确地说，想在葡萄的种植方面下点功夫，"好的葡萄酒源自好的葡萄果"。他想追求酿造高品质、令人惊艳的葡萄酒，这个阶段持续了大概 10 年时间。

到了第三阶段，有了"蓦然回首，那人却在灯火阑珊处"的领悟。这个阶段"是尽可能地不去打扰葡萄的自然环境和生长规律。现在我们葡萄园追求

工作人员正在挑选葡萄，是为了保证进入酿酒程序的每一粒葡萄都是最好的。

Dog Point
多吉帕特酒庄：一对朋友 一个酒庄

有机种植，就是不使用化学药剂，我们冬天都是用羊来除草。这也是为什么我们养许多大狗的原因，它们也是牧羊犬。当收获的高品质葡萄来到酒庄的时候，我们也尽量地做很少的加工工作，不去添加也不去减少"。

在葡萄园里，他兴致勃勃地跟我谈了这些酿酒的阶段。然后，为了跟我解释他们是怎么追求高品质的葡萄，他蹲在葡萄架前，摘掉了几串看起来不

遇见酿酒人

是特别好的葡萄,也摘掉了葡萄串上多余的葡萄。他说这样做是为了让葡萄果更加均匀、圆实。一棵树上的葡萄太多,会降低葡萄的品质。在每年葡萄变色的(刚开始成熟的)阶段,他们都会在葡萄园里做这项工作。

至于为什么在大酒厂工作那么多年后想做自己的品牌。James 说是自己的性格使然,因为后来他在 Cloudy Bay 的工作更多的是在办公桌前,而他不喜欢这样的工作性质。他更喜欢在葡萄园里,在酿酒室里。

他的同事 Ivan 和 Margaret 夫妇在 Dog Point 各有自己的 80 公顷的葡萄园,他们决定一起创业。这对认识 25 年的朋友,各有所长:Ivan 擅长葡萄种植,则负责打理葡萄园。而 James 则利用自己的酿酒技能。Ivan 的妻子 Margaret 则负责酒庄市场方面的工作。James 的妻子虽然出现在酒庄的宣传照片上,但她并没有参与酒庄的工作,而是在 Cloudy Bay 的品酒室兼职,她的主要工作是教那些有阅读障碍的儿童。

说到自己的妻子,James 称赞不绝:"我很幸运地遇到了她,我在大学的时候通过朋友认识了她,我们可以说彼此一见钟情,现在我们已经结婚 37 年了,有了 4 个长大成人的孩子。非常感谢她给我这样一个幸福温暖的家。"现在的 4 个孩子,只有大女儿在澳洲从事与葡萄酒有关的工作。

两家人不仅是工作上的合作伙伴,生活中也一对好朋友。

"不过,我希望将来他们能搬回新西兰,这样我们就可以更方便地看我们的外孙女。我还有个女儿住在澳洲,儿子在奥克兰从事音乐,最小的女儿则在惠灵顿。他们现在都不在我们身边了。我们一有机会就会去看他们,一般圣诞节的时候,孩子们会回来看我们。我们真的很想念他们,但是他们现在正在建造属于自己的生活,也许将来的某天他们会回到出生的地方生活吧。"

James因为工作的原因来过中国几次,其中最让他难忘的是中国的美食。他说有一次在上海,他们一行3人到宾馆附近的一家小餐馆吃饭,餐馆的服务员对当时正在电视里播放的电视剧非常感兴趣,以至于他们上菜的时候和上菜结束的时候都在盯着电视看。James觉得这情景非常有意思:"但是这顿饭可能是我这辈子吃过最好吃的了,而且四五道菜加起来价格只是在新西兰买个汉堡的钱。"

说到中国的葡萄酒消费,他觉得现在的中国市场还需要一个漫长的培育期。但是他相信中国的葡萄酒市场还是巨大的。至于将来的打算,James说当然希望酒庄能做得更大一点,但是不需要太大。能够跟自己多年的好友创业合作,人生乐事莫过于此。

有了"蓦然回首,那人却在灯火阑珊处"的领悟,这个阶段"是尽可能地不去打扰葡萄的自然环境和生长规律"。

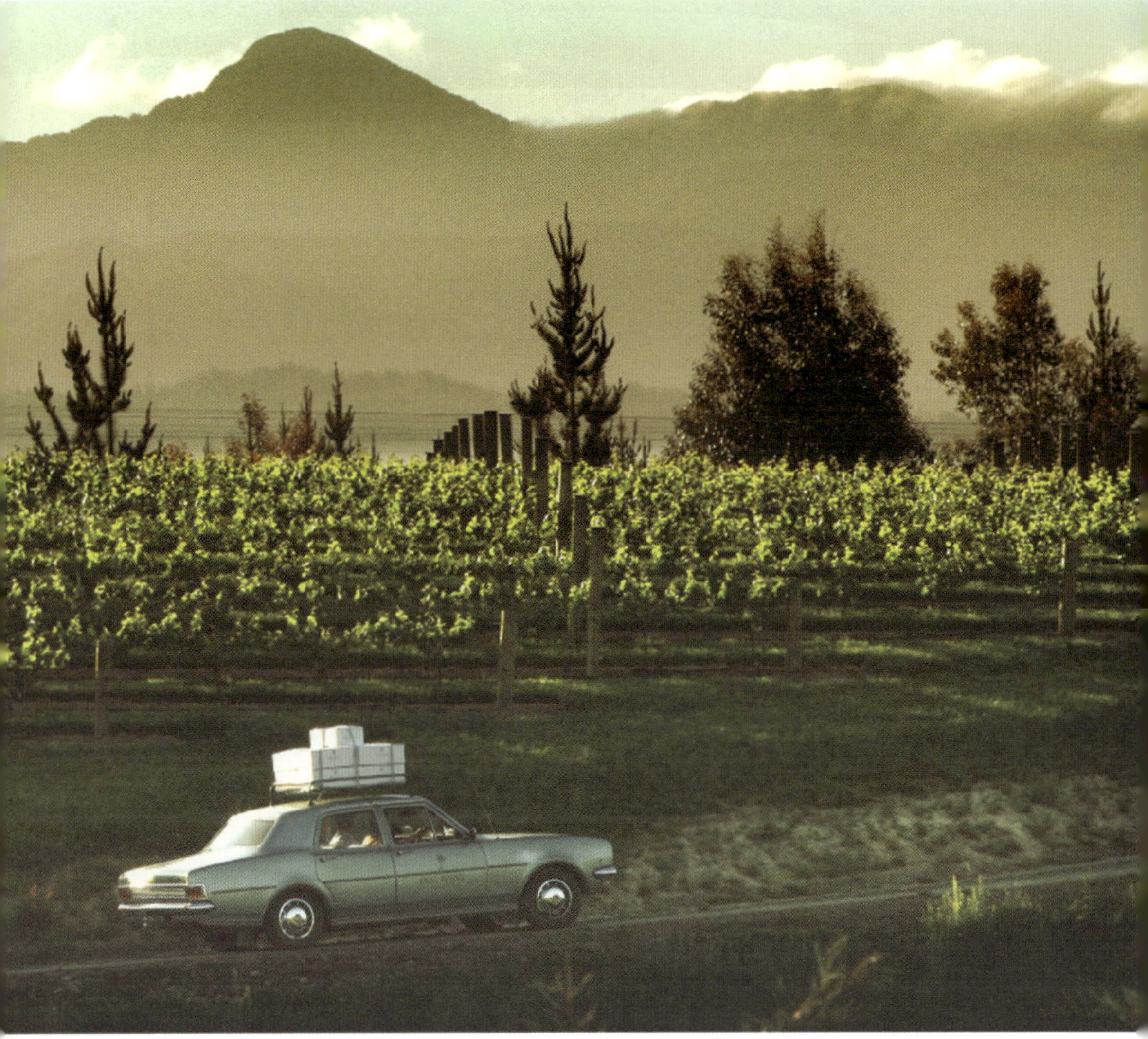

Tohu 图胡酒庄：
三十岁以后的人生抉择

Bruce Taylor 并不是从小就励志做酿酒师的，他一直没有这个想法，直到三十岁后。

大学的时候学的是文科：历史、文学和哲学。毕业后做了各种各样的工作。在音像店做售货员，在工地上做劳工。热爱旅行的他，就这样做着零工，然后去周游世界。最长的一份工作是卖房子，这份工作他做了5年，做到了三十岁。他开始思考是不是要永远将这份工作做下去。

思考的结果是他决定辞职去旅行，去看看自己到底想要什么。

就这样他去了美洲，南美的智利、墨西哥，北美的加拿大、美国都留下了他和当时女朋友的身影。

就是在这一年间隔期，他找到了自己努力的方向。在美国的时候，他经常去纳帕谷的许多酒庄品酒。他开始觉得葡萄酒不单单是酒精，葡萄酒的背后藏着更多的东西。他想去了解这背后"更多的东西"。

2001年，三十一岁的他决定重新回到大学，学习酿酒。他给自己一年的时间，看看自己能否学下去。一年过去了，他非常享受学习的过程，所以他决

Tohu
图胡酒庄：30 岁以后的人生抉择

定完成 3 年的学业。

　　学业结束后，他决定先在葡萄收获季满世界去做点短期的工作，既获得工作经验也可以继续旅行。这个就是酿酒师工作的吸引人之处。3、4 月份南半球葡萄收获季的时候，先在新西兰或者澳洲的酒庄工作几周，然后到 8、9 月份北半球葡萄收获的季节，又到北半球的酒庄去。英文单词把这个季节叫 Vintage，汉语没有对应的很好的专有名字，基本上就是葡萄收获季节的意思。酿酒师们就这样满世界地做着 Vintage 的工作，积累自己的酿酒和产地知识。

　　Bruce 毕业后，用了 2 年时间在新西兰、澳大利亚、意大利、北欧、美国等地的酒庄工作。2006 年，他回到新西兰，决定安定下来。

每年的收获季，Bruce(右)都要和葡萄种植人员通过品尝葡萄，感受其果肉的甜度和酸度，从而决定采收时间。

遇见酿酒人

他在新西兰知名的酒庄 Villa Maria 的酿酒室工作了 3 年，2008 年他跳槽到 Tohu 酒庄做首席酿酒师。Tohu 是新西兰唯一一个由当地的毛利部落拥有的酒庄。Tohu 在毛利语中的意思是"标志"的意思。这个酒庄的母公司 Kono 总部是在离马尔堡地区 100 多公里的另一个葡萄酒产区尼尔森市。

说起现在的工作，Bruce 说这就是他的理想工作。

"这工作给我很大的成就感，跟我以前卖房子不一样，跟一些在 IT 办公室的工作也不一样，我现在在真正地'制造'产品。而且每一年都是变化的，都有新的开始。这让人充满了热情。对我来说，这就是最好的工作。"

这工作不仅让他的职业生活安定，他的感情生活也是在工作中得到了安定。3 年前他到澳大利亚出差，遇到了同样在葡萄酒行业做市场工作的妻子。妻子是新西兰人，她当时负责一家新西兰酒庄的澳洲销售工作。两个人认识 1 年后就结婚了。"我想我们可能都觉得对方人特别好，这也是我们选择在一起的最大原因。"

红葡萄酒的颜色完全来自于葡萄皮，因此在发酵过程中工作人员每天都要把葡萄皮推下去，以让葡萄汁颜色更加鲜红。

现在他们的第一个孩子刚刚出生，"在孩子长大之前，我再也不想去旅行了，陪伴我的女儿是我目前生活中最重要的事情。将来我希望自己能酿造出更好的葡萄酒，以及女儿健康快乐地长大"。

Bruce 觉得要

想酿造出好的葡萄酒,则必须有好的葡萄园。所谓好的葡萄园是指葡萄园有独特的"风土"。Tohu 的葡萄园有着独特的地理位置——位于海拔 200 米的半山腰上。南岛北端最高的山峰 Tapuae-o-Uenuku 就充当了葡萄园的背景,风景绝美。因为在半山腰的关系,这里的葡萄园比平原上的葡萄园要冷且干燥。因此葡萄的成熟周期就比较长,葡萄会出现更多的风味。

因为工作关系,Bruce 去过中国,说到中国给他印象最深刻的就是热闹。因为新西兰是个非常安静的地方,大部分城市人都不多,而中国的城市都是熙熙攘攘。

Bruce 说,中国人非常偏爱红葡萄酒,喝葡萄酒还不是一种消费习惯,但希望随着葡萄酒文化的普及,会有更多的中国人享受葡萄酒。不仅仅享受红葡萄酒,希望白葡萄酒如新西兰马尔堡的长相思也能在中国流行起来。

丰收的季节,相对于机器采收,人工采摘虽然成本较高、时间较长,但更加有利于葡萄的存储与酿造。

查看罐内葡萄酒的发酵情况是酿酒师工作中重要的一个环节。

Staete Landt 兰特酒庄：
放弃 IT 回归土地的荷兰人

Ruud 太活泼了，放在舞台上估计就是一个笑星。他穿着粉色衬衫，看上去比照片上年轻很多，高高瘦瘦，精力旺盛。跟他谈话时，他从不试图去掩饰什么，他总是直面你的问题。

Ruud 来自荷兰，在甲骨文公司做过销售，这也许是他善于与人交流的原因。在他 30 岁那年，他的公司和一个市场推广公司合作，那个时候他的妻子 Dorien 就在那个市场推广公司工作。说起俩人的感情经历，可以用"闪婚"来形容。

他和妻子认识 3 个月后，在他妻子的生日派对后，他们正式开始约会。第一次约会后，他们就搬到了一起，就再也没有分开，现在他们已经在一起 23 年了，有了 3 个孩子。

就在他们在一起 5 年后，他们开始考虑改变职业生涯，搬到一个地方重新开始。Ruud 当时 35 岁，还继续在甲骨文公司工作；妻子 Dorien 是苹果公司的市场人员。他们觉得 IT 行业虽然不错，但是他们还是想回到农场生活。因为 Ruud 是在荷兰的一个风车农场长大。另外，他也想要到欧洲以外

Staete Landt
兰特酒庄:放弃IT 回归土地的荷兰人

的国家去生活。

在做了一番思考后,他们觉得新西兰的葡萄酒行业还是可以尝试的。因为新西兰葡萄酒行业不像法国或者意大利的,不需要你是第五代酿酒师,每个人都可以从零开始。这也意味着创新和活力。

Ruud和妻子Dorien共同经营酒庄,Ruud负责酿酒,Dorien负责市场推广。

2000年,他们来到新西兰,他们先花了几个月时间在新西兰南北岛的几个葡萄酒产区选择合适的土地。最后他们确定在南岛最北端的马尔堡,然后他们又花了几个月的时间跟地产中介打交道。最后他们看中了一片21公顷的果园。

买下了这片果园后,首先把果园里的苹果树和樱桃树给清除了,然后再种葡萄。然后就是3年的等待,因为从种下幼小的葡萄开始到第一次收获至少需要3年时间。

这3年时间里,Ruud一边在马尔堡的其他酒庄学习酿酒知识,一边照看自己的葡萄园。然后就是给自己品牌起名字了。

遇见酿酒人

　　Ruud想起一个能把荷兰和新西兰联系起来的名字。于是他们想到了南岛的一段历史：1642年荷兰人Abel Tasman发现南岛的Tasman海边的大片土地（现在这片土地以他的名字命名），于是将它命名为Staete Landt，意思就是"这片土地属于荷兰政府管辖"。Rudd和妻子Dorien就决定用"Staete Landt"作为自己酒庄的名字，因为这两个词既是荷兰语，能体现他们的根，又跟新西兰关联。

　　酒庄成立后，Ruud负责技术方面的酿酒工作，Dorien则发挥自己的所长做市场工作。谈到夫妻合作创业，Ruud说夫妻一起合作公司，"其实有点'困难'，因为很难把私人感情和工作剥离开。有时候我们得互相让着对方，即使对方某个方面可能是不对的。但是总体来

　　图为酒庄1.5L和750ml的瓶装酒。其长相思采用了橡木桶来陈年，这种方法比较少见，因而其口味更加独特。

182

Staete Landt
兰特酒庄：放弃IT 回归工业的荷兰人

说，我们还是互补的。比如现在她就在惠灵顿为酒庄做个市场宣传项目，只有周末飞回家。我就负责酒庄的管理和生产工作。"

说到酿酒让他觉得最难的方面，如果天气、葡萄质量、发酵过程都正确的话，怎么澄清葡萄酒是最难的。"我们尝试了很多方法比如蛋清、膨润土等介质，但是这个需要很多耐心而且方法也必须正确。这可能是我觉得酿酒技术环节中比较难的方面。"当然酿酒也有很有趣的一面，"我觉得酿酒也是个很浪漫的事，因为你可以用不同的方法，比如用法国橡木桶和美国橡木桶来陈年，两者会给一模一样的葡萄酒带来不同的风味。这就好像是魔术一样。"

Ruud很感谢自己当年放弃了IT选择酿酒，现在他的办公室和酒庄就坐落在风景如画的葡萄园中间，而他的家则在河谷边的另一片葡萄园边。

非凡酿酒人

说到酿酒让 Ruud 觉得最难的方面是怎么澄清葡萄酒。

现在的他,每周三四天都要在这如画的风景中慢跑一个小时,这个爱好是他从十五岁时就开始的。他和妻子还去纽约、波士顿和伦敦参加过马拉松大赛。他们既是去跑步也是去度假。"我很享受在陌生的城市中跑步,穿越一个又一个街景。这满足了我的两大爱好:旅行和跑步。"

目前酒庄已经走过了 10 个年头,他们的酒也出口到了欧洲、美洲、亚洲、大洋洲等地。虽然现在他们的酒还没被卖到中国,但是 Ruud 在很小的时候,读了一些关于中国的书,"那些书都是很古老的书,把中国描述得很神秘并且富有魔幻色彩。现在我去过上海和香港几次,如今的中国真是充满了活力,能感觉到中国人的生活节奏很快,完全颠覆了小时候我对中国的印象"。

谈到未来的打算,Ruud 想要扩大酒庄的规模,但是扩大规模就必须要更多的资金。所以,他希望能和已经在葡萄酒行业的一些商家合作。现在他们的三个孩子中有两个已经上大学了,但是学的都不是跟葡萄酒有关的专业,老大学微生物,老二学法律,老三还在上高中。至于将来孩子们能不能继承父母的事业,Ruud 其实并不在意,"只要孩子们健康快乐就好"。

收获季是一年中最忙碌，除了工作人员外，家人也会来一起帮忙。

现在 Ruud 的办公室和酒庄就坐落在风景如画的葡萄园中。

Huia 胡伊亚酒庄:
像鸟一样自由的飞翔

  Mike和Claire夫妇话都不多，但是很热情。

  采访结束，他们邀请我留下跟他们和员工一起喝咖啡闲聊，因为正好是他们晨间早会的休息时间。

  员工中有在品酒室做临时工作的澳洲女孩，还有他们十六岁的小女儿Sophie，她放暑假从基督城的学校来酒庄帮忙。Sophie非常漂亮，性格也非常开朗。

  这是个温暖小型的家庭酒庄，夫妇俩都是酿酒师。

  Mike和Claire在上大学前就认识了，可以说是青梅竹马，现在他们在一起已经30多年了。Mike出生在北岛的葡萄酒产区霍克斯湾的农场家庭，而Claire则出生在南岛的坎特伯雷地区的一个农场家庭，两人相似的出生背景都让他们对土地充满了感情。为了从事与土地有关的职业，两人决定到澳洲的大学去学酿酒。

  从澳洲学成回来后，他们分别到法国不同的地方工作了一段时间。这也是酿酒师职业的吸引人之处，通常新晋的酿酒师为了吸取经验，在葡萄的收获季节（vintage）会到世界各地的葡萄酒产区短期地工作上一段时间。

Mike 去了法国的香槟区，这让他对香槟酒有了特殊感情。两人回到新西兰后，Mike 前后在 Cloudy Bay 和 Vavasour 酒庄工作，而 Claire 则去了 Corbans 和 Lawson's Dry Hills 酒庄工作。

说到香槟酒，我插一段：小时候，过年过节亲戚朋友来的时候，父母都要准备点酒，有时候我也会喝一点点，但是都不是很喜欢，唯独钟爱"香槟酒"，因为那酒有点甜还有好玩的气泡。其实现在想想，小时候那个所谓的香槟酒，应该是加了二氧化碳的某种饮料。并且从严格意义上来说，不应该叫香槟酒。因为香槟酒只能是法国香槟地区出产的用传统方法酿造的酒才可以叫香槟酒，属于起泡酒。

现在 Huia 的起泡酒，就是采用香槟地区传统的酿造方法。所谓的传统酿造方法就是瓶中二次发酵，这一过程耗时耗力（通常 3~5 年），但产生出来的气泡精细长久，而现代的直接往酒中加二氧化碳的方法产生的气泡颗粒较大，粗糙不持久。

所以说，真正酿造出一瓶好酒，往往需要很长时间。

在其他酒庄累积的工作经验以及人际

Huia 是新西兰独有的鸟类，羽毛很美丽，可惜的是，这种鸟已经灭绝了。酒庄庄主觉得这个鸟的名字可以代表酒庄独特的地理位置。

Huia
胡伊亚酒庄：像鸟一样自由的飞翔

关系都对他们创建自己的品牌起了很大的帮助。在选择酒庄名字的时候，喜欢鸟类的他们决定用 Huia 鸟的名字来做自己酒庄的名字。

Huia 是新西兰独有的鸟类，这种鸟是世界上唯一一种雌鸟和雄鸟不同喙的鸟，并且羽毛美丽，可惜的是，这种鸟在 1907 年已经灭绝了。他们觉得这个鸟的名字可以代表酒庄独特的地理位置，并且他们希望自己的酒也具有独特的个性。喜欢鸟类的他们，还给自己的大女儿起名为 Tui，这也是新西兰特有的鸟类，新西兰的一款啤酒也是以它命名的。

除了酿酒，夫妻俩还有个共同爱好就是"下厨"，Claire 在学习酿酒之前还做过一段时间的厨师。他们还把这个爱好延伸到工作中来：他们想让自己酿造的酒能更好地跟不同的食物搭配。当然除了下厨，Claire 还非常喜欢阅读，"我的哥哥曾经形容我说，我是书的'收割机'。什么样的书我都会去

Claire 的女儿 Sophie 会在假期期间到酒庄帮忙。

每年忙碌的季节会有来自世界各地的工作人员加入酿酒团队。

读,在读书的时候我很放松,也给我从很多角度来看问题"。

现在他们的酒刚刚开始准备进入中国内地市场,两人去过香港,但一直没到内地。"我们也打算去中国内地看看,现在的市场一直在变,我们为此也做了很多事情,比如我们现在的葡萄园正在慢慢地往有机和生物多样性的方向发展。"

至于将来,Mike 说:"我想我们会把酒庄一直做下去的,直到我们都不能动了为止。我们也不会离开这个地方,首先这个地方很有酿酒的氛围,当你从飞机上往下看到大片的葡萄园的时候,有种热血沸腾的感觉;当周末去马尔堡海边山上徒步的时候,看着美景,一切烦心事都被抛到九霄云外了。"说到这里,你能看到 Mike 眼里的喜悦。

夫妻两人一起工作,争吵是难免的。"当然,最不喜欢的是 Mike 跟我意见不一致。"Claire 开玩笑地说,"不过我最欣赏的是他的计划性。"

也许热爱鸟类的人都是安静的,安静如他们夫妻:妻子 Claire 负责打理葡萄园里的一切事务,从冬季剪枝到夏季收获。而丈夫 Mike 则主要在酿酒室里负责酿造。他们就像一只鸟的一对翅膀,在一起展翅高翔。

17年的光阴转瞬逝去,孩子们已经长大成人,酒庄也在不断发展壮大。

酒庄采用有机的方法种植葡萄，用牛羊和人工除草；牛羊的粪便可以作为天然肥料。

Lawson's Dry Hills 罗森威兹山酒庄：
爱上这片海

本来想约酒庄的女庄主 Barbara 进行采访，但是 Barbara 太忙，最后敲定了由酿酒师 Marcus 来接受采访。

20 世纪 80 年代，马尔堡地区刚刚涌现葡萄种植热潮的时候，Barbara 的丈夫 Ross 也把家里的农场改造成了葡萄园。一开始是给大酒庄提供葡萄，直到 1992 年，他们决定自己酿酒。Ross 做过很多工作：剪羊毛、修建游泳池等，当然还有种植葡萄。

不幸的是 2009 年，他因为癌症去世了。所以管理酒庄的责任就落到了 Barbara 的身上。Barbara 以前是个护士，在完全管理酒庄之前，她还在当地的医院做着护士工作，只是在业余时间帮助家里的酒庄做点市场宣传推广方面的工作。现在的她则完全承担起了酒庄的推广工作，隔段时间就要到英国、美国等主要市场上去调查研究。

说起 Marcus 与酒庄的结缘，还是源于他对大海和长相思的热爱。他喜欢潜水、钓鱼，马尔堡海湾近在眼前，半个小时的车程就能到达。而使新西兰葡萄酒扬名的马尔堡长相思是他最想酿造的葡萄酒品种。

对酒庄来说，酿酒环节的监控是非常重要的，发酵的结果、糖分的剩余、微生物的稳定等等，这些都离不开科学。而这些又跟我的生物科学密不可分。

——Marcus

Lawson's Dry Hills 酒庄就坐落在马尔堡 Wither 山脚下，虽然规模不大，但是 Marcus 觉得可以在这里施展拳脚。而且出生在乡村环境中的他，不喜欢大城市的熙熙攘攘，于是 2001 年他在获得酒庄的工作后，再加上妻子当时已怀孕 8 个月，正在海外做短期葡萄收获季节工作的他们决定回到新西兰安定下来。

虽然奥克兰的酒庄给他提供了工作机会，但是因为他想让他们的第一个孩子在宁静的环境中长大，所以他们最后决定来到宁静的马尔堡定居。当

Lawson's Dry Hills
罗森恩兹山酒庄：爱上这片海

然另外一个重要原因就是扬名世界的马尔堡长相思白葡萄酒也吸引着他——他也想在这片神奇的土地上大展身手。

其实，Marcus是个科学家。大学里学的是生化科学，并在研究所里做科研工作。"这份工作有点沉闷，而且工资也不高。我就在想有什么工作需要科学背景，又很有趣。"这个时候，热爱葡萄酒的朋友让他灵光一闪，也许做个酿酒师是个不错的选择。于是他就申请了酒庄酿酒室的工作——Cellar hand，中文的意思就是酿酒师的助手。工作内容主要有：压榨葡萄汁、翻搅葡萄、清理发酵罐等等，都是琐碎的体力劳动。但是这个工作却是每个酿酒师的必经之路。"因为这些基本的工作，让你了解酿酒环节的整个程序，看似简单实则必要，没有这些基本的了解你是无法真正成为一个酿酒师的，现在的我还做着这些简单的工作。"

遇见酿酒人

在 Marcus 看来，酿酒并不是个深不可测的事情，"你有一桶葡萄，你什么都不做，把这些葡萄放在那里，过段时间来看，它们就变成葡萄酒了。当然，对酒庄来说，对酿酒环节的监控是非常重要的，发酵的结果、糖分的剩余、微生物的稳定等等，这些都离不开科学。而这些又跟我的生物科学密不可分。"

Marcus 当然也坚持自己的酿酒哲学："我们顺应葡萄园的特性，比如我们的葡萄园出产的葡萄可以酿造出芳香优雅而不是强劲鲜明的葡萄酒。另外，作为小酒庄的一个好处就是我们可以酿造出具有自己个性的葡萄酒，因为我们不需要太多地迎合市场。所以说到底我的酿酒哲学就是好酒来自葡萄园，土地的个性决定了我们葡萄酒的个性。"

值得一提的是，酒庄的琼瑶浆白葡萄酒自种植酿造以来获奖无数，最近获得了品酒杂志《品醇客》（Decanter）的国际特别大奖（售价 15 镑以下组的芳香型白酒）。

当然酿酒是项季节性很强的工作，特别是秋季葡萄收获的季节，而且酿酒师和葡萄种植师要在一起商定收获葡萄的时间，因为这是不可逆的，收获的葡萄如果成熟度不够是不能重新放回去的。所以这个时候对他们来说是压力最大的时候，也是最有挑战的时候。在 2013 年马尔堡的收获季时，就连

Lawson's Dry Hills
罗森家泛山酒庄：爱上这片海

下了 10 天的雨，这个不寻常的天气导致很多没有在雨前收获的葡萄烂在了园里，而那些雨前收获的葡萄园就躲过了这一劫。从葡萄收割完成到酒厂酿造的过程可谓分秒必争，这是为了尽量减少葡萄的氧化程度，因为氧化了的葡萄酿出来的酒口感和风味会大不同。

与 Marcus 聊着关于酿酒的一切时，酒庄的葡萄种植师 Mark 正好过来找他说话，Marcus 为我们简单介绍了一下。我问了一下 Mark 今年葡萄园的情况如何，他说今年的葡萄园果子都长疯了，太多的果实，所以会剪掉部分葡萄以保证葡萄的质量。而且今年的收获季节应该是在 3 月初，会稍微早点，因为今年气候比较热。他们就明天的工作安排谈了会儿，然后 Marcus 说了声不好意思，我们又接着聊开来，这次是谈他的家庭。Marcus 的妻子是个设计师，为很多酒庄设计包装和商标。其中 TWR 酒庄就是他妻子设计的商标，两个人平时不工作的时候就是去海边，他潜水，妻子则带两个孩子在船上享受海风，"家人是我最大的财富，我们这个酒庄就像个大家庭一样，每次聚会的时候，我们都带上我们的另一半和孩子们，这是我们酒庄最热闹的时候，这也是我享受在这儿工作的原因。"

我问 Marcus 如果不做酿酒师，他最有可能做什么，他说可能是个海洋科学家吧："跟科学有关，跟大海有关，最好的就是研究海洋里面的生物，因为我太爱这片海，太爱潜水！"

作为小酒庄的一个好处就是我们可以酿造出具有自己个性的葡萄酒，因为我们不需要太多地迎合市场。所以说到底我的酿酒哲学就是好酒来自葡萄园，土地的个性决定了我们葡萄酒的个性。

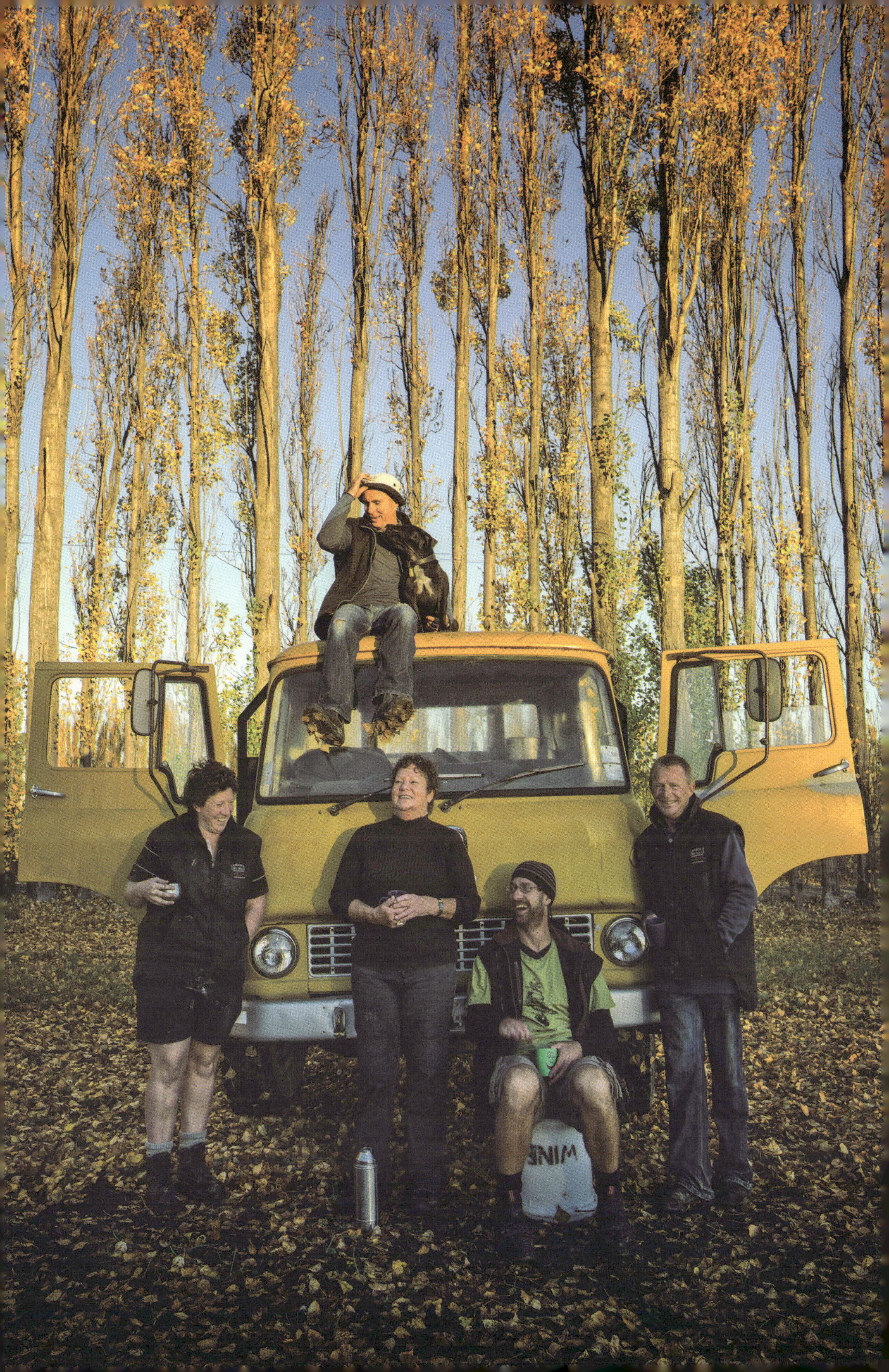

遇见酿酒人

Domaine Georges Michel 乔治·米歇尔酒庄:
像马一样自由的奔腾

　　Domaine 是法语"酒庄"的意思,从这个词,你就可以看出酒庄跟法国的渊源。在 Georges Michel 酒庄,Swan 邀我去他们的法国餐厅做采访。这个时候是上午时间,餐馆还没营业。三面玻璃窗的餐馆,对着葡萄园,阳光洒进,一切美好温馨。心想有机会一定要来这里吃一顿,就为这风景! Swan 是庄主 Georges Michel 的女儿,酒庄就是以她父亲的名字命名的。

　　这个时候的 Swan 刚刚生了孩子,能感觉到她身上的母性气息,她声音洪亮、性格开朗,总是很愿意回答你的问题。

　　在她十八岁的时候,他们举家从法属小岛非洲的留尼汪岛(Reunion Island)搬到新西兰。这一切源自父亲 Georges 一个朋友的建议,这个朋友是法国酿酒师,但是在新西兰建立了属于自己的酒庄,他也就是 No.1 酒庄的创始人。

　　当时,Georges 在法国的勃艮第地区持有一家酒庄的股份,为了在新西兰投资和养老,他决定把股份卖了,就这样在 1997 年举家从热带岛屿搬到四季分明的新西兰马尔堡地区。

Domaine Georges Michel
乔治·米歇尔酒庄：像马一样自由的奔腾

说到刚来的时候，Swan 连买厚衣服和围巾都觉得新鲜，"因为在岛上一年四季都是夏天，所以对我来说来到新西兰，看到四季的变迁都是新鲜有趣的，而且这里这么安静，我们岛上大约有一百万人，到处都是熙熙攘攘的。所以，一开始真的是有点不习惯，但是我现在已经爱上这样的环境"！现在的 Swan 最喜欢的事就是在自家的园地上，与自己心爱的三匹马玩耍一番。

Swan 很坦诚地说："一开始我并不喜欢葡萄酒，我甚至不喝葡萄酒。我最初的职业选择是海洋生物学家或者实验室分析人员。"但是假期在家里酒庄品酒室的兼职，让她慢慢地变了。

"当给游客介绍我们的酒时，我发现同样的一种酒，一个人喜欢得不得

> 我和父亲相处得很好，他性格温和，是个很聪明的生意人。他从来不逼我学这个学那个，不是因为家里有酒庄我就必须学习酿酒，而是后来我真的对酒产生了浓厚的兴趣。
> ——Swan

了,一个人又一点也不喜欢,而且有的人在葡萄酒中发现一些香气,有的人则发现另一些,这让我觉得很有意思。"就这样,她决定到林肯大学学习酿酒与葡萄种植专业。这个时候,她正式为成为酿酒师而努力。

本科毕业后,她决定到"旧世界"中去拓展自己的经验,于是她回到自己的祖国——法国,到父亲生活工作过的产区去看看,去学习,而且她会说法语,这又是个便利。

法国产区给她最大的印象就是到处都是规则,在法定产区,你不能随意地种植别的葡萄品种,还有许多别的规则,比如不能灌溉葡萄园。"而在新世界的好处是你不受规则的限制,可以尝试很多东西,比如你可以在这里种植霞多丽,然后看结果是否令人满意,但是在法国你就不能做出这样的尝试!"

在海外学习了一段时间后,她决定回到父亲的酒庄工作,"我和父亲相处得很好,我们几乎没有意见不合的时候,他性格温和,是个很聪明的生意

图为 Swan 和父亲 Michel 在讨论酿酒的细节。

Domaine Georges Michel
乔治·米歇尔酒庄：像马一样自由的奔腾

人。他从来不逼我学这个学那个，我是个很倔强的人，我决定做的事，任何人都劝不动，不是因为家里有酒庄我就必须学习酿酒，而是后来我真的对酒产生了浓厚的兴趣"。正好没过多久，酒庄的首席酿酒师辞职了，年轻的 Swan 便接过这一重担。

关于她的酿酒哲学，她说得也许有点老套，但是好的葡萄酒就是源自好的葡萄园，葡萄的质量基本上就决定了葡萄酒的质量。刚接过首席酿酒师职位的时候，她在法国

新西兰四季分明，春夏之交的葡萄园安静怡人。

实习期间的老师还过来指导工作，几年后，老师没有再来过，她战战兢兢地开始了自己的第一个独立的酿酒年份,当然她把老师的号码存成紧急号码，以防万一。"还好，我的第一个年份还不错。这给了我独立工作很大的信心。"

跟她聊天的过程中，她总是简短地回答你的问题，说到好笑的，她就大笑。你能感受到她身上的一股倔强，而且她身上也有种说不出的洒脱劲，这跟她喜欢的马的性格有点相似——自在、逍遥、坚强！

如果她不做酿酒师,她就会去赛马。

"自从我妈妈在我 2 岁时,把我放在小马背上开始，我就再也没离开过马，我喜欢比赛。赛马是我唯一的业余爱好。"现在在业余时间她都会去参加一些赛马比赛。

将来她的梦想就是买更大的一片地，养更多的马,说到这里她又大笑起来。现在，她最开心的当然是看到刚出生几周的女儿的笑脸，也许像马一样自由奔腾地生活和工作是每个人的梦想吧。

春天，葡萄园的入口处和品酒室鲜花盛开、绿树成阴、鲜果飘香，吸引着来自各地的爱酒人。

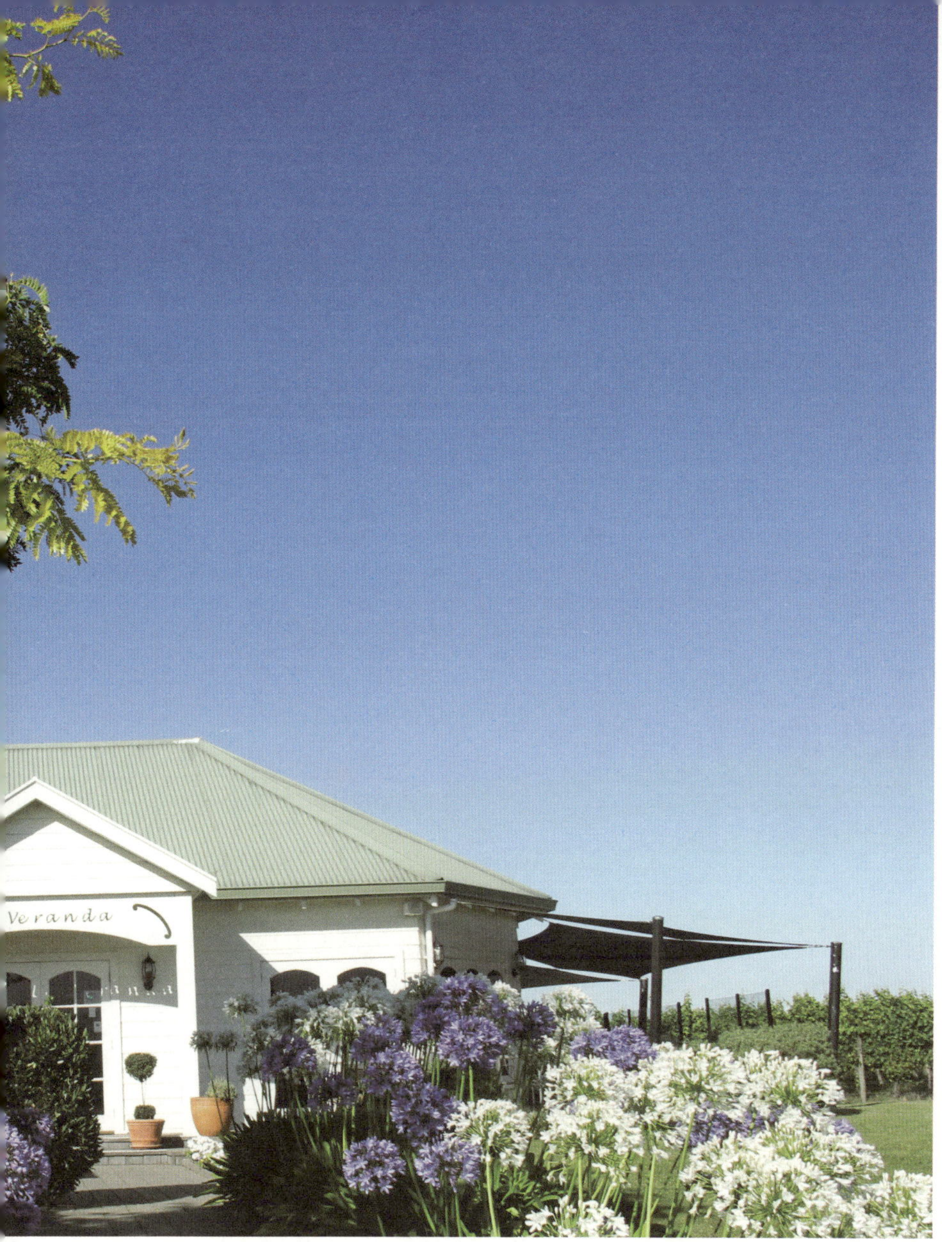
Veranda

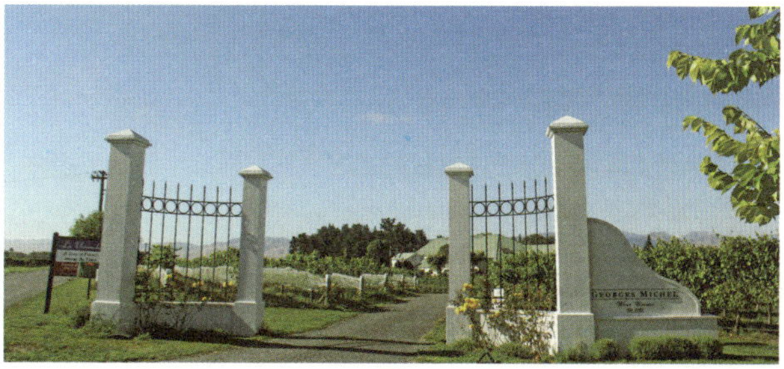
GEORGES MICHEL

遇见酿酒人

Mount Riley 瑞丽山酒庄：
关于童年的美好回忆

　　Matt是Mount Riley酒庄的首席酿酒师，他有着很不寻常的双眼：一只眼睛是蓝色的，另一只眼睛是绿色的。他个子不高，说话速度比较快。我们在酒庄的大厅里一边看着墙上的照片，一边聊着。

　　Matt既是这里的酿酒师，也是酒庄庄主John的女婿。John是个会计师，童年在祖父家农场玩耍的美好记忆，让他决定在出生地马尔堡买葡萄园建酒厂。当然，这也与他敏锐的商业嗅觉分不开。当年在一些大公司在马尔堡买地建葡萄园的时候，John就觉得这是个机会，1992年，他决定不再单纯地做个葡萄种植户，于是跟当时马尔堡地区的很多种植户一样，开始建立自己的酒庄，做自己的品牌。如今，Mount Riley俨然有着现代化酒庄的风范，而他们的七片葡萄园也分散在马尔堡各个地区。

　　现在的Matt就是用这七片葡萄园出产的葡萄来酿酒，除了马尔堡的长相思，他们还种植了霞多丽、灰品诺、琼瑶浆以及红葡萄品种黑品诺、梅洛和马尔贝克。令人惊奇的是，他们还在凉爽的马尔堡地区种植了不常见的西拉红葡萄品种，这个品种让澳大利亚葡萄酒扬名世界。而Mount Riley之所以

Mount Riley
瑞利山酒庄：关于童年的美好回忆

觉得马尔堡地区有种植西拉的条件，是因为觉得他们的17号葡萄园有着这一品种生长的微环境：日照充足，从北边来的暖风，创造了一个"热"地带。

回到酿酒师Matt的故事上来，他一开始在大学里读的是林学专业，但是随后又转到地理学和植物学上来，觉得在学校当个老师也许是不错的选择。他虽然出生在一个农场家庭，但是那个时候的农场生活很辛苦，他的父亲不希望他再回到自己家的农场工作，虽然他说自己骨子里就是属于农场的。大学毕业后，他并没有按照自己原先所想的去学校当老师，而是选择继续深造，读了林肯大学的酿酒专业的研究生，就这样他走上了酿酒的道路。接着就是跟许多酿酒师一样，去海外获取经验。

他先后去了美国、西班牙的葡萄酒产区做酿酒师。说到在西班牙的经历，Matt说很有意思，因为这份工作需要会说西班牙语，Matt说其实自己根本不会说西班牙语，但是却告诉人家他会说，就这样在飞去西班牙的飞机上临时学了几句西

Matt没有按照自己原先所想的去学校当老师，而是选择走上酿酒师的道路。

班牙语。好在酒庄并没有在这件事上和他纠结，他仍然获得了酿酒师的工作。这样不同语言文化环境下的工作，让他学会了怎么与人沟通。在海外待了 3 年后，他回到新西兰北岛的一家酒庄，从酿酒室的助理做起，就在这个时候，一个机会让他与 Mount Riley 庄主 Johh 的女儿 Amy 认识了。

他们是在一场婚礼上相识的。这场婚礼是 Matt 的小学同学在老家 Piopio 举办的，Matt 被邀请参加，Amy 是新娘的朋友，就这样两个原本不相识的年轻人有了交集。Matt 说这一切都是缘分，Piopio 是新西兰北岛的一个小地方，居民总共 400 多人，而 Amy 当时在英国伦敦工作，他则在新西兰，可谓不远万里来相会。当时 Matt 正在跟其他人约会，他们只是互相留了联系方式。随后 Matt 就回到了北岛的霍克斯湾的酒庄工作。几个月后，他们又在奥克兰的一场酒展上相遇，这个时候，Matt 已经跟女朋友分手，

Matt 一家发挥各自的特长，把酒庄经营的有声有色。

Mount Riley
瑞丽山酒庄：关于童年的美好回忆

于是他们开始约会。

此时 Amy 在父亲的奥克兰办公室上班，他则在霍克斯湾，所以每个周末两个人飞来飞去地去见彼此，维持着这段异地恋。这样维持了一年多，Amy 的父亲建议 Matt 来奥克兰工作，或者去马尔堡工作，Amy 可以继续在奥克兰或者马尔堡自己家的酒庄工作。最后 Matt 选择了马尔堡，因为他不喜欢大城市的喧嚣。

他一开始并没有到 Mount Riley 工作，而是在另外一家酒庄。"因为我不想把私人感情和工作混在一起。" 但是随后酒庄当时的首席酿酒师辞职了，这个时候 John 建议他过来做酿酒师，而此时他跟 Amy 的关系正式确定了下来，他们订婚了。所以 Matt 最后决定加入家族生意。

说到与家人共事，Matt 说最重要的是互相尊重，"我们各自都有特长，John 是财务方面的专家，Amy 是个律师，现在是酒庄的市场和管理人员，我则擅长农业方面和酿酒技术。所以我们是结合了大家的智慧在一起"。现在的 Mount Riley 葡萄酒以出口为主。

所以，酿酒师的另外一项任务，就是到世界各地去推荐自己酿造的葡萄酒。Matt 来过中国的一些城市，说到对中国的印象，他说最深的就是疯狂的出租车司机。他说自己有一次在暴雨中的广州赶飞机，以为自己无论如何都赶不上了，但是出租车司机"疯狂"的驾驶让他及时赶到了机场，虽然"被吓坏了"。

现在夫妻两人已经有了两个孩子，"如果将来他们能继承家族的生意，那是再好不过了。我想我最后之所以还是选择酿酒而没有去做老师，可能是跟我童年成长在农场的快乐记忆有关"。

繁忙的酿酒工作结束后,一家人坐在一起在葡萄园里享受晚餐,十分惬意。

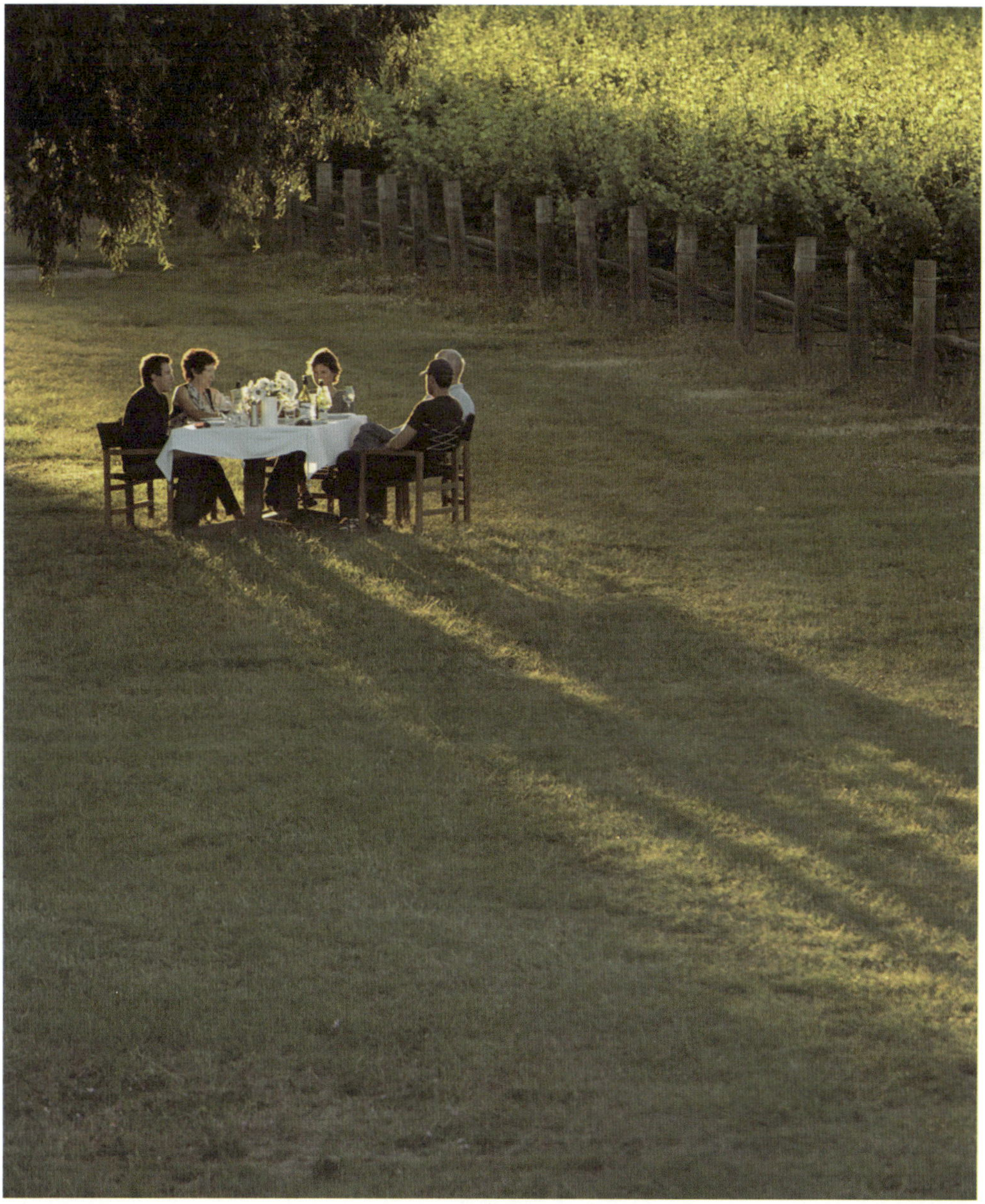

清晨阳光沐浴着大地,赐予了葡萄生长所需的能量,从而我们才有了手中的这杯美酒。

Churton 且藤酒庄：
向大自然学习

在 Churton 酒庄的办公室前刚停好车，一只黑色的大狗就站在我车门前，我还在犹豫要不要开车，又多看了它几眼，感觉它很友好，而且它没有吠叫，只是在冲我摇尾巴，打开门，我摸了摸它，它并没有反抗。经常都是这样，到葡萄园里去访问，第一个来迎接你的都是在葡萄园里自由行走的狗狗。

Sam 随后出来，我自我介绍了下，然后就到他的办公室做起了访问。这个时候，大狗一直在办公室的门外挠门，Sam 说："不好意思，它一定是在想念我的妻子，因为它跟我妻子 Mandy 关系很密切，她现在正在英国处理点事情，要离开几周。"

Sam 在英国一个名叫 Churton 的小镇出生，但是他的父母却是新西兰人，父亲那个时候在英国的农场工作，遇到了同是从新西兰来的母亲，过了一段时间，Sam 的父母决定搬回新西兰，而 Sam 则留在英国读大学、工作。

Sam 在英国伦敦大学学的是微生物学，毕业后却到了英国有名的酒类经销商 Berry Brothers & Rudd 工作了 10 年。在这个过程中，他系统地学习了有关葡萄酒的知识，这为他以后做自己的酒庄打下了人脉基础。真正让

遇见酿酒人

他决定回到新西兰的是，一次回来看望父母时，他决定举家搬到安静的马尔堡地区。因为小时候在农场长大，他对热闹的大城市感觉不到归属感。从事农业对他来说，就是流进血液里的基因。他的双胞胎弟弟也在法国从事农业工作。

改变生活的第一步就是在新的地方找到工作，这工作最好能结合他的工作经验和他的背景知识。当时马尔堡的 Hunter 酒庄就向他伸出了橄榄枝，他在这个酒庄做了 4 年的助理酿酒师。在这 4 年里，他成功地从一个做市场的酒类销售人员转型为专业酿酒师。而这个时候正是 20 世纪 90 年代初，很多人在这个地区建酒庄，于是便有不少人找他咨询酿酒的专业知识。商业嗅觉敏锐的他，决定在工作之余，开一家酿酒咨询公司。

1997 年，有英国的酒类经销公司找他买新西兰的葡萄酒，他觉得这也许是个好机会，酿造自己的葡萄酒，因为买家已经有了。而且他有 10 年的酒类市场工作经验，再加上几年的酿酒技术方面的积累，以及对行业的熟悉，可谓从技术到市场方面都具备了。

但是他并没有完全放弃酿酒

Sam 运用"生物动力法"，其实就是顺应自然，跟中国道家"天人合一"有类似之处，都提倡万事通达，生生不息。

咨询公司的工作，因为他需要现金来开办新酒厂：需要钱来买地、建葡萄园，需要钱来买酿酒设备。

而且投资葡萄园，并不会带来立竿见影的收益。因为需要先种植葡萄园，新种的小树要 3 年后才能结果，这意味着这 3 年是没有收入，只有支出的。当然，他所追求的不是一个过度商业化的葡萄园，他要"师法自然"，运用他的微生物知识建造一个"自然、绿色、健康"的葡萄园。

于是他用"生物动力法"（Biodynamic），这个方法听起来似乎很高大上，其实就是顺应自然，跟中国道家"天人合一"有类似之处，也就是天地人必须和谐统一，才能万事通达，生生不息；也跟中国的老皇历，比如哪天是种植和收获的好日子一样。

现在，很多传统地区的酒庄都运用了这个方法，比如法国的 Domaine de la Romanée-Conti 和 Leroy。生物动力法最早源于 20 世纪 20 年代，因为那个时候化学肥料和杀虫剂在农业领域里开始大量被使用，从而导致土

Sam 的妻子 Mandy 在搅拌生物动力法肥料 BD500

一串成熟的黑品诺在经历了采摘、去梗和橡木桶陈年等一系列漫长的程序后，才能酿成人们口中的美酒。

壤质量和农作物质量整体下降。

于是，奥地利哲学家 Rudolf Steiner 对此做了一些思考。他在印度考察的时候，看到当地人可以根据宇宙星象的变换来安排农业活动，让植物与宇宙间的自然力量相结合，同时用天然的动植物原料来使土壤环境达到平衡，让植物强壮健康。

说到葡萄园里的生物动力法的时候，Sam 还从办公室里拿出了一本印有各个星座以及月亮上升和下降期的挂历，解释道，如在下降期，他们就会做生物肥料。而在另外一个下降期，因为这个时候的光线有利于葡萄糖分的发展，所以会撒一些有机肥料。

不仅如此，他们 51 公顷的土地，只有 22 公顷种植了葡萄，其他的土地是用来保持这块土地上的生物多样性的。比如，一部分土地用来养牛，一部分则种植树木，而且葡萄园的中间也种植了其他植物，这些植物可以吸引来昆虫，而这些昆虫可以消灭葡萄园里的病菌。比如葡萄园里养的蜜蜂，不仅仅是用来授粉的，当葡萄受伤裂开的时候，这些蜜蜂就会来清理掉受伤葡萄里残存的糖分，从而不让这些葡萄生病。

除此之外，他还给每片葡萄园命名，因为有了名字的葡萄园，让人更有亲近感，而不是只把葡萄园当作工作对象。另外每片葡萄园每行葡萄的长度不能太长，否则会让在其中工作的人产生疲倦感。

Churton
目腾酒庄：向大自然学习

    此外，因为他的葡萄园在山上，所以他根据每块地的走向来决定葡萄种植的方向，又因为地势较高，他根本不需要防冻风扇。在马尔堡的葡萄园里，你经常能看到大风扇，那就是防冻风扇。当温度较低的时候，风扇自动开启，会将上方较暖的空气和地上较冷的空气混合到一起，从而保护葡萄不受霜冻。

    在办公室聊了会，Sam就开车带我到葡萄园去看了看。刚出办公室就看到几头牛，Sam说："如果不酿酒，我可能就会做起司，因为我实在是喜欢牛啊！而且牛对我们葡萄园来说也很重要，它的排泄物是肥料，它的牛角是我们生物动力法肥料中不可或缺的一部分。我的葡萄园的名字，是以牛、羊各个部位的肉的名称来命名的！"

    平时不工作的时候，Sam最喜欢的就是在周末用一天时间去捕鱼，因为这个时候他能够放下一切，沿着河边一英里一英里地走，在捕鱼的同时，又

能享受着马尔堡的自然美景。

当然对于酒庄的未来，Sam 很欣慰地看到自己的两个儿子现在都在为自己工作，"我对两个孩子说，你不能认为为自己家的酒庄工作是理所当然的，你们必须到外面去获取经验、技能。大儿子 Ben 在法国、美国的酒庄都工作过，小儿子也在智利、法国等地工作过，也正打算学习酿酒"。

对于 Sam 来说，做酒庄是个长期工程，是很多代一起打造起来的。不同时期有不同挑战，他希望将来自己的葡萄酒能够进军到包括中国在内的更多新兴市场。

早晨的葡萄园等待着阳光的照耀,茁壮成长;傍晚的葡萄园在凉爽的海风中放缓生长的节奏。

来自世界各地的年轻人,在新西兰旅行过程中,也会到葡萄园去做短期工,挣取旅资。

No.1 Family Estate 一号酒庄：
只酿一种酒，只做 No.1

庄主 Daniel 的妻子 Adele 看上去比照片上漂亮很多，她戴着豹纹围巾，利落的短发，时尚大方，看着很年轻，根本不像 50 岁左右的人。她负责酒庄的市场推广工作。我是在约 Daniel 采访的时候，在品酒室内偶遇她的，她当时正在和员工开会。

Daniel 出生在法国香槟区的一个小村庄，到他这一代，就是家族的第 12 代酿酒师。Daniel 小的时候，并没有想做个酿酒师，而是想做个农场主，因为他喜欢动物。但是父亲执意让他学习酿酒，继承家族的传统。Daniel 觉得酿酒也是跟农场有关，而且他一直想在将来拥有自己的事业。于是他就在当地的学校学习酿酒理论和实践知识，然后在家乡工作。30 岁的时候，工作了一段时间的他感到在自己的家乡有很多的限制和规定，束缚着他的创造力。

他决定来到地球的另一边——新西兰，1975 年，这个时候正是新西兰葡萄酒产业刚刚兴起的时候。他说自己就像是家族里的一匹黑马，因为大部分生长在香槟区的人都会选择在一个地方工作、生活、终老，娶邻村的姑娘。而

他则来到万里之外的新西兰，开启全新的生活模式，而最终让他下定决心留下来的是在新西兰北岛遇到了他的妻子Adele，他们一见钟情。

"因为一直以来，我想做自己的老板，决定自己的命运。所以来新西兰，不仅仅是为了生存，还是为了实现自己的梦想。我就是抱着要在这里做自己酒庄的目的留下来的。因为在新西兰没有任何约束你的酿酒规则，我可以尝试新的葡萄品种，我可以用新的技法，这是在法国传统产区所不可想象的。"

在法国的香槟产区，用来酿造香槟酒的葡萄品种只有三种：黑品诺、

丈夫Daniel酿造了一款用妻子Adele的名字来命名的起泡酒。Adele亲自设计了酒标。

霞多丽和莫尼耶皮诺。在法国香槟酒瓶上经常看到的cuvee就是"混合"的意思，一般的香槟酒都是这三种品种混合酿造的，黑品诺和莫尼耶皮诺是红葡萄酒品种，而霞多丽是白葡萄酒品种。霞多丽富有的果香为香槟酒提供了优雅和细致，黑品诺的单宁则是酒的骨架，这两类品种都有助于酒的陈年；而莫尼耶皮诺则让酒更具果味，并且让口感更圆满。

No.1 Family Estate
一号酒庄：只酿一种酒，只做 No.1

　　香槟酒一般都是很多年份不一样的酒混合在一起（non-vintage），酒庄一般会把年份较好的酒留下来，用来以后和其他年份的酒混合，有的时候酒庄也会挑选出年份好的酒，专门装瓶成那个年份的香槟。这个年份的酒就会比其他酒要贵一点。

　　因为香槟产区是受法律保护的称号，其他地区用同样方法酿造的起泡酒，不能用香槟命名。而酿造起泡酒是很费时间的，高质量的起泡酒是需要 2~5 年或者更久来培养出各种香气和味道的，所以这些起泡酒一般都在恒温、潮湿的地下室里陈年。这种酿造香槟的方法叫作"传统酿造法"，也是 Daniel 所坚持的。

Daniel 出生在法国香槟区的一个小村庄，三十岁的时候他决定来到地球的另一边——新西兰，开展新的酿酒事业。

拿破仑就对香槟酒情有独钟,他说:"当我胜利的时候,我要喝香槟酒来庆祝。当我失败的时候,我要喝香槟酒来获得安慰。"

香槟酒中冉冉上升的气泡,给喝酒的人带来了无限轻快的感觉。

Daniel来到新西兰后,当然是要做自己擅长的事情,而且新西兰独特的气候环境很适合种植酿酒葡萄,这也就意味着产出高质量起泡酒的可能性。

No.1 Family Estate
一号酒庄：只酿一种酒，只做No.1

他首先以自己的名字创立了专门酿造起泡酒的酒庄。在一个新的地方开始自己的事业总是很难的，但是他的勤奋加上对自己酿酒技术的自信，这些都帮助他在新的国家生存了下来。

虽然这个酒庄做得很好，但是1996年，他决定卖掉这个酒庄，挑战自己，再次创立一个新的酒庄。以前的名字不能再用，他的妻子建议酒庄名字叫No.1，因为Daniel是新西兰第一个用传统方法酿造香槟的人，并且之前他们的起泡酒多次在国际上获奖，这足够让他们骄傲地称自己为"第一名"，而且这个名字简单易记。因为有了第一次创业的经验，第二次他们就从容很多。

"当然除了产品外，详尽的计划还有市场工作，对一个新成立的酒庄来说是很重要的。"Daniel说。Daniel的妻子Adele和女儿主要负责市场工作，他的妻子曾经是一名记者，而女儿则是电视台主持人，也是演员。女儿Virginie曾在新西兰著名的连续剧 Shortland Street 中扮演一名医生，工作不忙的时候，她就会回到家里的酒庄做些市场方面的工作。儿子Remy则喜欢健身，开了自己的健身房，偶尔也在酒庄做帮手。今年69岁的Daniel希望能早点退休，享受生活。

"但是看来目前我的两个孩子都对继承酒庄的工作兴趣不大！"

说到自己最得意的酒，是1990年Blanc de Blancs（100%霞多丽）和2007年Cuvee Remy（这款酒是以他儿子的名字命名的）。

"做一名酿酒师，最大的成就是人们喜欢你的酒，并愿意购买。"Daniel继承的传统酿酒技能，和骨子里的那种浪迹天涯的情怀，终于让他在新世界的马尔堡地区得到了最大限度的发挥。

225

Daniel一家在酒庄的新酒发布会上庆祝新一季的起泡酒的发售。

Remy在演示用军刀开起泡酒

遇见酿酒人

Saint Clair 圣克莱酒庄：
永不停歇的脚步

在中餐馆遇见过 Neal 和 Judy 几次，他们看上去朴素、低调，开的车是新西兰常见的经济型轿车。而他们的酒庄现在已经发展成日处理 400 吨葡萄的中型酒厂，有 200 个不锈钢发酵罐，850 个橡木桶，葡萄园面积也从最初的 2 公顷发展到现在的 269 公顷，酒也从最初只在新西兰销售到现在出口到 50 多个国家。

酒庄最早跟许多马尔堡的其他家庭酒庄一样，是从为大酒庄 Montana 种植葡萄开始的。那个时候 Neal 在当地拥有 2 公顷的农场土地，当时这个农场是用来养猪的，那时他们拥有 100 多头猪，而 Judy 则是全职母亲，在家照顾三个年幼的孩子。他们的生活本可以像新西兰大多数的农场家庭一样进行。但是在 20 世纪 70 年代早期，从"大酒厂"Montana 在马尔堡建立酒庄开始，许多当地的农场开始变成葡萄园。

就这样在做了近 20 年的签约种植户后，他们对葡萄种植越来越有经验，而且他们种的葡萄在各种比赛中也屡获大奖。这让他们觉得与其为他人做嫁衣，不如做自己的葡萄酒品牌。因为这个时候孩子基本上都已经成人，

Saint Clair：永不停歇的脚步

孩子长大成人后，Judy决定帮助丈夫Neal经营酒庄。

Judy也从照顾孩子的家庭琐事中抽身出来，可以帮助丈夫Neal创立品牌。

当然创立自己的品牌并不是那么容易的，因为需要大量现金，所以Neal就兼职做农场顾问。酒庄建立时候，Judy做了大量调度组织的工作，他们的三个孩子在假期也会帮忙。

就这样，酒庄慢慢成形，而品牌的名字也来源于他们那片土地最初的名字——Sinclair，慢慢地这个名字就被叫成了Saint Clair。而酒标则是由他们当时在读设计的儿子Tony设计的，现在Tony在澳洲拥有自己的设计公司，也仍然为酒庄品牌提供设计上的支持。两个女儿也在澳洲的Adelaide大学学习葡萄酒市场营销管理，所以酒庄市场营销方面的工作就由两个女儿负责。

当然刚创业的时候，除了需要现金、人力外，最主要的就是能把酒卖出

229

去。那个时候，因为他们还没找到经销商，Neal 和 Judy 就自己去跑市场，他们先是在新西兰各地的酒铺一家家地询问，他们是否有愿意来买自己的酒。虽然这个过程很艰辛，但是也让他们遇到很多有意思的人，而现在，Judy 说正好反过来，人们开始到酒庄来询问，是否可以代理酒庄的酒。2014 年中国国家主席习近平访问新西兰的时候，新西兰政府招待的葡萄酒就是 Saint Clair 2013 年份的长相思。

对 Judy 来说，能取得如此成就跟好的员工是分不开的。酒庄的第一个酿酒师是 Kim Crawford，他后来创立了自己的品牌，也很成功。随后他们提升了当时是助理酿酒师的 Matt Thomson，他从酒庄 1994 年创立开始到现在一直都在酒庄工作。

正是因为 Matt 觉得酒庄的 6 片葡萄园产出的葡萄有着不一样的香气和口味，所以他建议酒庄对葡萄园的质量进行分级，从 2001 年开始，酒庄便每年对它的 6 片葡萄园打分，10 分为满分，评分标准从化学药剂的使用到葡萄园管理工作，如对葡萄藤架的管理、土壤的管理等等来设定标准。他们的

Saint Clair
圣克莱酒庄：永不停歇的脚步

签约种植户，可以根据得分的高低来获得不同的收购价格。当然得高分的葡萄酿造出来的酒在价格上要贵上一点。

这样的酒就会被冠上"Reserve"的名号，而且他们也会在一些酒标上标注这瓶酒所用的葡萄是来自哪块葡萄园地。

酒庄现在虽然很成功，但是他们对工作却没有一点放松，因为 Neal 很多时候要出差到海外做市场工作，所以对酒庄的采访就落到了 Judy 头上，Judy 的回应很积极，电邮的采访问题，第二天就收到回信，令我很感

参加各类酒展也是酒庄市场推广的重要手段之一。

动，毕竟这个时候是酒庄比较忙的时候，而且他们也正在装修酒庄的餐馆，可以说很多事情都需要她来解决。

对她来说，工作必须细致认真，而且时刻保持微笑，对陌生人友好是她的人生信条。当然，不断地改进产品质量，不断地保持进步则是她的人生哲学。

Judy 喜欢体育运动，比如瑜伽、骑行，让自己保持苗条健康的身材，除此之外，跟孙子孙女在一起是她除了工作外最开心的时候。如果不是马尔堡地区独特的地理环境带来的葡萄种植产业，Judy 说她可能也就是个家庭主妇，织织毛衣什么的。但是他们抓住了马尔堡地区葡萄酒产业的发展趋势，并打造了一个成功的品牌。

将来，他们希望酒庄在下一代或者在第三代的努力下，能做得更好更大。但同时也不能丧失了工作的乐趣，因为这是努力工作的意义所在：在永不停歇的脚步之外，享受工作享受生活带来的无限乐趣。

机器采收葡萄的特点是时间快、效率高，特别是在不好的天气条件下，机器可以全天候工作，以保证葡萄按时采收。

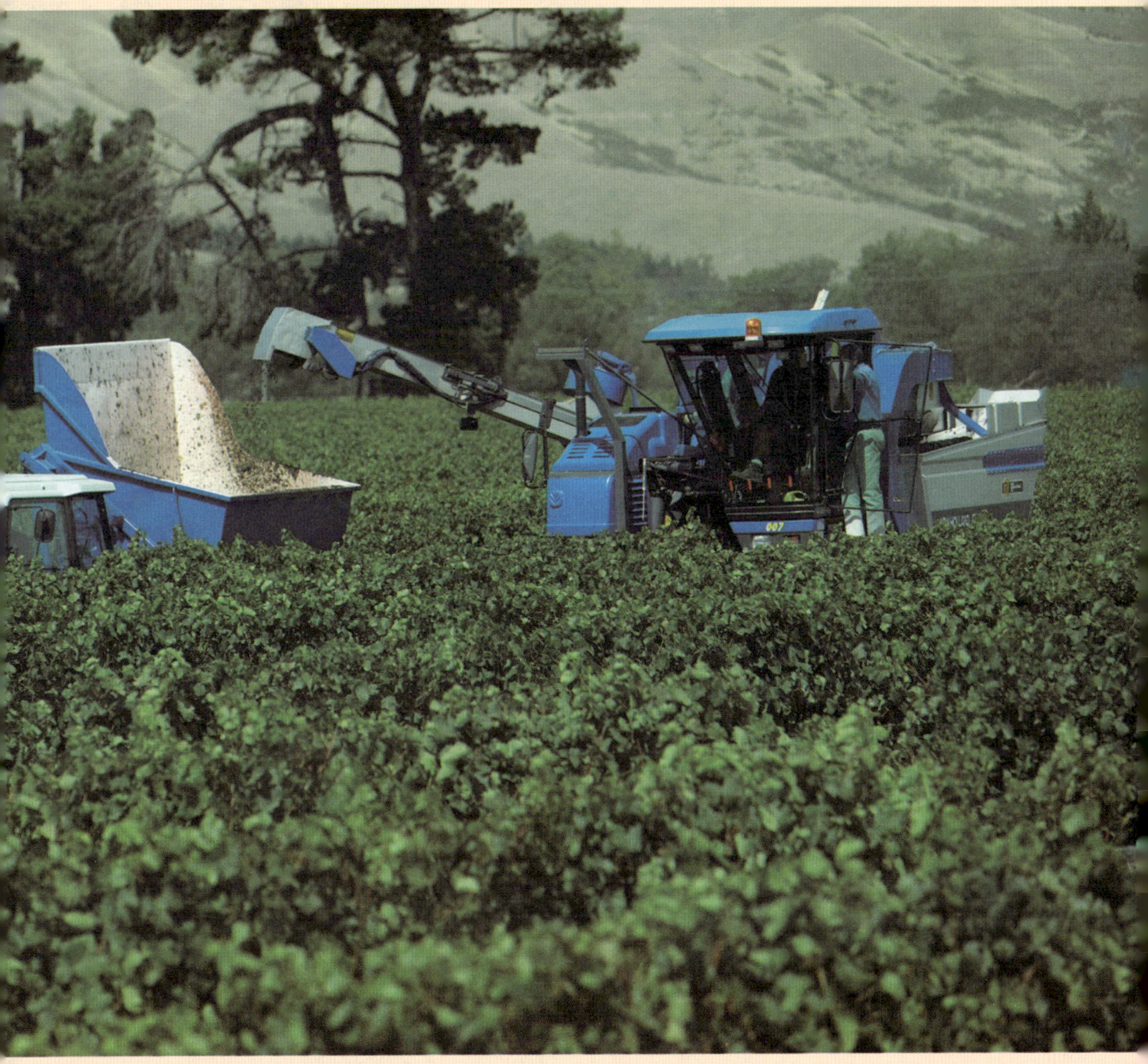

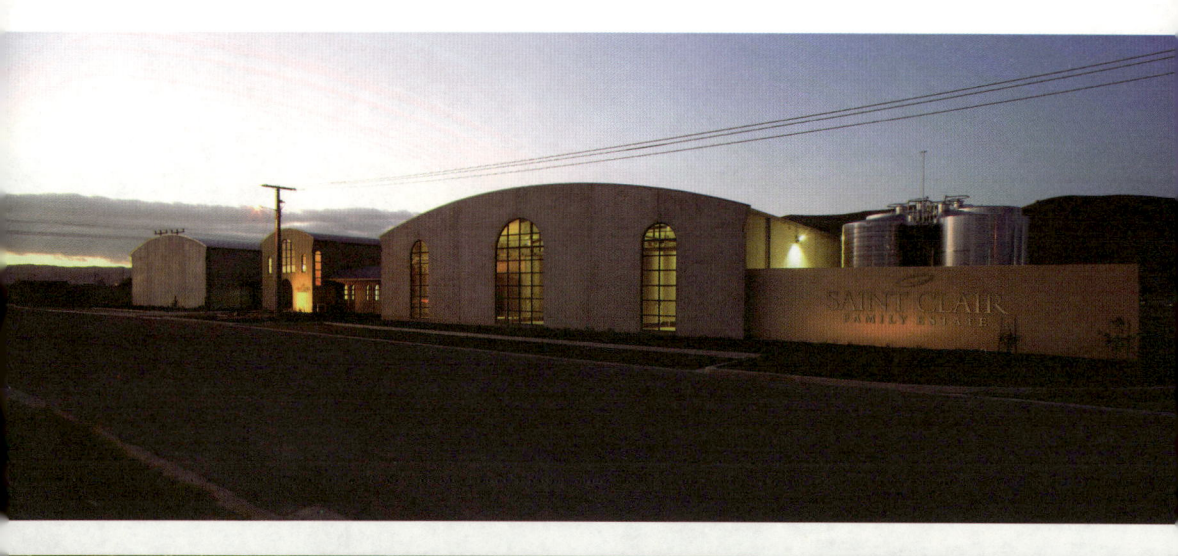

未来酒庄的发展,在等待着第三代们的成长。

Spy Valley 间谍谷酒庄：
"神秘"间谍谷不神秘的酿酒经

  Spy Valley 是间谍谷的意思，酒庄之所以叫这个名字，是因为离酒庄不远处有个美国卫星间谍基地。酒庄原来的名字是 Johnson 酒庄，Johnson 就是创始人家族的姓。Bryan Johnson 和妻子在 1990 年年初，觉察到马尔堡的葡萄业很有发展前景，于是夫妻俩决定开拓属于自己的葡萄园。当时他们的那块地被认为太干，土壤太贫瘠，不适合做葡萄园。但是 Bryan 的直觉告诉他这片地其实是块种植葡萄的宝地。事实证明，他的直觉是对的，他们的葡萄园很成功，他们向当时的很多大的酿酒厂提供葡萄。几年后，他们开始打造自己的葡萄酒品牌。

  一开始他们就用自己的名字来命名酒庄，商标则是用美国画家格兰特·伍德的名画《美国哥特》，画面是一对农民父女拿着叉在美国乡下一栋哥特式房子前的合影。也许 Bryan 夫妇觉得这幅画是对他们生活的真实描绘。

  从 2000 年开始，他们将葡萄园交给女儿和女婿 Blair 打理，女儿、女婿接手家里的生意后，他们做的第一件事就是改变酒庄的包装形象：因为很多酒庄都用创始人的姓名来命名品牌，他们想让酒庄的名字与众不同，于是建议酒庄改名为间谍谷,这个名字是受到酒庄对面一个美国在新西兰的间谍基地的启发。当地人都把这片地方叫作间谍谷。

同时,这个名字给人007的感觉,既现代又神秘,相应的商标设计也变成了彩色马赛克条以及黑色背景,"神秘感"十足。酒庄改变形象后,大受市场欢迎。

工作人员Nicola正在讲解酒庄的品牌名称来历。该名字是受到酒庄对面一个美国在新西兰的间谍基地的启发。

Blair有过创业经验,大学学的是公园娱乐类相关专业,然后在滑雪场工作了3年,随后跟朋友合伙开了一个二手体育用品店,这个店运作了8年,直到遇到了Bryan的女儿。结婚后,他们决定搬到马尔堡来生活,打理葡萄园。为此,他还用业余时间来学习葡萄种植和酿酒的相关知识。

3年后,他们已经有足够的资金来建造属于自己的现代化酒厂兼品酒室,这个新颖、别具一格的建筑设计获得了一系列建筑设计大奖。即便品牌

Spy Valley
间谍谷酒庄："神秘"间谍谷不神秘的酿酒经

形象做得再出色，也离不开高质量产品的支撑。

正是酿酒师出色的酿酒技能，让这一品牌得以发展。酿酒师叫 Paul Bourgeois，他经常跟人开玩笑说，虽然他有着法国人的姓，但是他其实是地道的 Kiwi（新西兰本地人），他出生在新西兰南岛的基督城，然后在当地的林肯大学学习酿酒。2006 年他成了酒庄的首席酿酒师，Paul 说很感谢 Blair 对他的信任，给了他这样的工作机会，对 Paul 来说酿造出好酒是对 Blair 的知遇之恩最好的表达。

对 Paul 来说，酿造好酒的第一步就是种植出高质量的葡萄来，对不同质量的葡萄采用不同的酿造方法让其潜力得到最大限度的发挥。作为酿酒师来说，每年酿酒用的葡萄质量都是不一样的，怎样保持酒的质量的连续性对他来说是最大的挑战，而这也正是酿酒工作的乐趣所在。

而酿酒师这个职业既需要理论知识也需要实践经验，当然最重要的是对葡萄园的了解，要了解怎么管理葡萄园，怎么种植出高质量的葡萄，因为

遇见酿酒人

这是成为酿酒师所必须做的第一步，不了解葡萄就无法酿出好酒。

Paul最喜欢的葡萄品种是雷司令，这是德国最主要和最出名的白葡萄品种，在世界各地都有种植，是新西兰第六大葡萄种植品种。这个葡萄品种属于芳香型葡萄品种，年轻的雷司令可以闻到油桃、杏子、蜜脆苹果和梨子味等果味，而陈年后的酒则有蜂蜜或是类似于汽油的化学气味。这个葡萄品种多才多艺，可以酿造出各种类型的葡萄酒：干型（dry）也是含糖量较低的葡萄酒，另外还有迟收的贵腐型雷司令。这种酒含糖量较高，属于甜型葡萄酒。当然贵腐酒需要自然环境的完美配合，当迟收的雷司令葡萄遇到潮湿又迅速干燥的环境（比如迅速散去的晨雾），会在葡萄表面产生出真菌灰霉，但又不致潮湿腐烂。这样葡萄表面的真菌会导致葡萄中水分大量蒸发，从而让糖分、风味更集中。用这样"贵腐"葡萄酿造出来的

酿造好酒的第一步就是种植出高质量的葡萄来，对不同质量的葡萄采用不同的酿造方法让其潜力得到最大限度的发挥。
——Paul Bourgeois

酒是上好的甜品酒，与餐后甜点是很好的搭配。

Paul喜欢运动，比如划艇，除此之外，对他来说，现在最喜欢的运动可能就是跟在两个孩子后面跑来跑去。对于将来的规划就是一直做个酿酒师，并且尽可能地花时间跟孩子在一起。

秋天晨雾中通往葡萄园和酒庄的路

酒庄一角

酒庄室内酿酒罐

Cirro 希罗酒庄：
在中国酿酒的酿酒师

和 David 在微信上约好采访时间，他热情地来接我去他酿酒的地方，这样我们可以在他边工作的时候边做访谈。他说他喜欢跟人打交道，喜欢跟人交谈，所以这也是酿酒师职业的乐趣之一：世界各地地宣传自己的酒，跟各式各样的人交谈。

在我们去他酿酒的地方的路上，他接到了一个电话，他有点不好意思地说："是我女朋友，我们约好晚上在酒吧见面。她是助理酿酒师。我们是在聚会中认识的，你知道马尔堡的圈子就这么小，慢慢你就能认识这个行业中所有的人了。我女朋友脾气是真的不错，很能容忍我！"

听他说这些，我在脑海里想象，也许他半年在新西兰、半年在中国的生活方式，也许酿酒师繁忙的日程和生意行程，而他女朋友始终对他不离不弃，让他自己也唏嘘竟然有人能容忍他？

很多酿酒师选择这样一种生活方式，在世界各地的葡萄酒产区之间飞来飞去地工作。英文单词叫"flying winemaker"，汉语没有对应的翻译，直译的话就是"飞行酿酒师"。David Tyney 就是其中一员，朋友都叫他大个子 David，因为他个子很高而且性格开朗。当然，他也有自己的葡萄酒品牌 Cirro。问起为什么叫这个名字，David 说因为他喜欢马尔堡的天空中纯净的云，"cirro" 这个单词在拉丁语中是 "云" 的意思。"因为新西兰是长白云故乡，而你看马尔堡的天空那变幻多端的云，真是太美了。"

然而，他却是在澳洲长大，他出生在南澳的著名葡萄酒产区阿德莱德，他的第一份暑期工作，是十二岁的时候在当地著名的奔富（Penfolds）酒庄的工作。在这样"高大上"的酒庄的工作，必然给他小小的心灵带来了冲击，让他将来想做跟葡萄酒有关的工作。

于是在上大学的时候，他选择了农业管理专业，葡萄酒市场营销方向。

新西兰是长白云故乡，而你看马尔堡的天空那变幻多端的云，真是太美了。David 热爱这片蓝天，这片绿土。

Cirro
希罗酒庄：在中国酿酒的酿酒师

毕业后他先在澳洲工作了3年，然后又去美国加州工作了1年。在经过几年的工作后，他决定回到大学再充电，这次他想往酿酒师方向发展，于是他来到新西兰南岛的林肯大学读了1年酿酒方向的学士后。

随后他在马尔堡的一家酒庄 Giesen 找到了工作，一开始他只计划在新西兰工作1年，但是没想到，这一工作就是6年。"你看看马尔堡的天空和周围的山川，是不是太美了？你怎么能舍得离开这么美的地方？"这之后，他成了当地一家公司的签约酿酒师和管理人员，现在他依然是一些酒厂的签约酿酒师。

2012年，他参加了在中国宁夏举办的国际葡萄酒大师邀请赛，他是从50位申请者中最终甄选出来的8位之一，这项比赛耗时2年，参赛者必须用2012年和2013季的贺兰山产区的葡萄来酿酒。这期间他已经不记得有多少次在中国和新西兰两国之间飞来飞去。

David 对中国还是很有感情的，因为他的父母在北京和上海共待了5年，教中国的英语老师学英语。这期间他曾经来中国看望父母，并且慢慢喜欢上了中国，学市场营销的他也敏锐地察觉到了中国葡萄酒市场的潜力。

所以他决定进入中国的葡萄酒行业，这个时候的宁夏葡萄酒挑战赛正好提供了契机。并且他还和曾经在马尔堡 Gisen 酒庄一起工作过的中国同事在北京注册了一家进出口公司，专门进口他自己的葡萄酒。

David 在中国宁夏的酒厂，正在采样。

Cirro 的马尔堡长相思。"Cirro"这个单词在拉丁语中是"云"的意思,所以酒标的图案也是云。

在帮助中国酒厂酿酒的过程中,他看到了中国酿酒方法跟新西兰酿酒方法上的不同。"中国的酿酒方法在我看来,更偏向旧世界如欧洲,陈酒中清新冷裂的果味少了很多,更多的氧化成分,也许介于两者之间的平衡是我想要酿造的中国葡萄酒。"

在中国酿酒,语言上必然是个障碍,David 说,幸运的是他有个好翻译,不仅懂英文,而且还懂酿酒过程。这样在跟宁夏酒庄沟通的时候,才不会产生误解。

我问他在中国待这么久,会不会说中文,他用中文回答:"我一点都不会说。哈哈。"当我们到他酿酒的地方下车的时候,他又用中文说了句:"在这里!呵呵。"不仅如此,他还喜欢用中国的社交软件和媒体:他有新浪微博账户和微信。

Cirro
希罗酒庄：在中国酿酒的酿酒师

于是这个周六傍晚，我就跟在他后面，看他酿酒师生活中的一个小小片段。

目前他并没有自己的酿酒设备和品酒室，而是租借另一个酒厂的设备，但这并没有让他放松对酿酒过程的严格要求。他先到几个大的酿酒罐顶，查看了发酵过程。然后又品尝了几个正在发酵中的酒，看看口味香气是否跟他预想中的一样。最后我们来到实验室，他要品尝7个样品酒。

刚进实验室，David就说："这是我今晚给你的任务，在你面前的酒杯中，都是2014年份的黑品诺，你品一下，告诉我那个口感最好。"

我依次品了，但是对于我这个没经过训练的味蕾来说，很难感觉到其中细微的区别，只能胡乱说了个数字。

他结束工作后，我们又在实验里聊了会。我问他酿酒过程中最困难的一点是什么，他说："其实是销售，我可以酿造很多酒出来，但是怎么把它卖出去是个问题。这也是决定我们将来能否在市场上生存的关键。第一个来买我酒的其实是我澳洲的朋友，当时他给我的反馈是，这瓶长相思太酸了！"

当然，现在他的朋友再也不会这么评价，因为他的酿酒技术日渐成熟。现在他的主打市场是新西兰、澳洲和中国。他相信随着中国年轻一代对葡萄酒热爱，中国的葡萄酒市场是很有潜力的。

说到他现在的生活方式，他说："因为马尔堡人少，虽然景色美，但有时候会觉得有点无聊，而在中国你能吃到各种各样的食物，有各种各样的娱乐活动。我想我的人生需要平衡，所以我半年在马尔堡，半年在中国。这既是现在我的生活方式，也是将来很长一段时间我的生活方式。"

一年中的半年时间，David 和合作伙伴 Richard在新西兰马尔堡酿酒，另外半年 David 则飞至中国宁夏葡萄酒产区，指导参与酿酒。

Folium 福留酒庄：
一个人的葡萄园

　　日本人 Takaki 离群索居地住在他的葡萄园里。这已经是他来新西兰的第 12 个年头了。

　　久闻他的大名，一直没见到。只知道有这样一个日本年轻人，他有着 8 公顷的葡萄园，并且酿造自己的酒。身边的日本朋友常提起他，但是没人见过他，因为他不怎么出来参加聚会。

　　如果在马尔堡地区买一个 8 公顷的葡萄园，市值至少要人民币 1000 万，我在想这是不是一个日本富二代的故事。直到在一次葡萄有机种植会议上遇到他，简单地交谈了几句，拿到了他的名片，然后通过 E-mail 约定采访时间。

　　来到他的住所，他正在地里剪枝，看到我来了，他停下手里的活儿，我们就到他客厅坐下来聊了会儿。他的客厅干净整齐，除了几幅日本画和一些小的日本饰品外，基本上没什么装饰品。这个时候正是冬天，细心的他早已经把客厅里的空调打开。于是就在这个有点阴冷的马尔堡午后，我们聊起了他的故事。

2003年，刚从美国加州大学 Davis 分校葡萄种植和葡萄酒酿造专业毕业的他，决定回日本待几个月。24 岁的他要决定接下来是去新西兰还是澳大利亚的塔斯马尼亚岛边旅游边在当地的葡萄园打工。这个时候一个偶然的机会，他在东京的一个葡萄酒展销会上遇到了来自马尔堡地区的一家酒庄庄主 Georges Michel，他们聊得很投机，Takaki 表达了自己想到新西兰或澳洲酒庄工作的计划。Georges 说如果去新西兰，可以找他，并留了自己的联系方式。

几个月后，Takaki 以打工度假的形式来到新西兰，并联系了 Georges。这位庄主大概没想到展销会上的年轻人会真的来。酒庄一时没有空缺，于是 Georges 就把他推荐到他女儿实习的酒庄 Clos Henri 工作，酒庄也在马尔堡地区。

Takaki 为了节省支出，除了葡萄采收季节，葡萄园的活基本都是他一个人完成。所以任何时候去他的葡萄园访问，基本上都能看到他在园里干活。

巧的是 Clos Henri 的葡萄园需要工作人员，Takaki 就去面试了。一开始他以为酒庄就在附近，他决定就这样走下去，走了一段时间后，问了路人。他才意识到葡萄园离他住的地方约 20 公里，他只好搭顺风车。他说现在回想那个情景，觉得那个时候的自己还是很搞笑的。

就这样他先是在葡萄园工作了 2 年，然后葡萄园的经理辞职，于是酒庄决定提升他为经理。说到这里，Takaki 说自己还是很幸运的。就这样前前后后，他在 Clos Henri 工作了 6 年，他决定开始自己的葡萄酒生意。

2009 年，他辞去了工作，专心地做自己的葡萄园和葡萄酒。然而最大的现实摆在他面前，他没有那么多资金来买葡萄园。原来他并不是我想象中的富二代。但是困难没让他退缩，他是真的想做这件事。就像传说中的一样，当一个人真的想做一件事的时候，全世界都在帮他。

他就这样用了 2 年时间，带着自己的商业计划书，在日本找了大大小小的公司。2011年,日本一家公司接受了他的商业计划,并出资75%,于是他购买了Fromm酒庄在1996年种植的一片8公顷的葡萄园,并租用他们的酿酒设备来酿酒。

他就这样做了自己的老板,也做了自己的员工。

给葡萄酒取名字比想象中的要困难许多,一开始他考虑到用日本名字。"但是日本名字并没有多大优势,不像法国名字,因为法国是个传统的酿酒国家,而且我们也希望酒的名字更国际化一点。"最后,葡萄酒命名为

Folium，拉丁文是绿叶的意思。

"因为叶子在植物的生长中扮演着很重要的角色，它是植物光合作用的地方，没有它，葡萄树就无法结果，我想这个名字也表达着对葡萄树和自然的敬意，并且西方人大部分都知道这个单词，而且这个名字也没被世界上别的酒庄采用。"

书面工作结束后，他就要一人分饰两角：葡萄园管理经理和酿酒师。

为了节省支出，除了葡萄采收季节，葡萄园的活基本都是他一个人完

成。所以任何时候你去他的葡萄园访问，基本上都能看到他在园里干活。目前他还是单身，除了工作，就是阅读和下日本象棋。

说到日本书籍，我提到了东野圭吾，我不知道怎么说他的英文名字，所以用中文写了出来。然后他转身到房间里拿了东野圭吾的小说。他说汉字基本都能看懂，然后我们又聊到日本卡通，他在我的采访本上画了个机器猫。

我问他："你怎么忍受得了这份孤独的？"

"其实我以前是个疯狂的派对爱好者，那时候我在新西兰工作，每年假期回东京的时候，我都会去酒吧和朋友聚会。后来，我开始觉得一切没有意思了，我不想再在无聊的事上浪费时间。可能我现在走上了另一个极端，我基本上不出去参加什么聚会，除了白天在葡萄园里干活，晚上我还要做些办公室的工作。"

当然他还要时不时地回日本做些市场宣传，现在他们酒也开始出口到澳洲，在各种各样的酒展中去宣传自己的酒也是工作中不可缺少的一部分。

"怎么把酒卖出去，是开始自己生意最困难的，葡萄园和酿酒过程我是可以管理和控制的，但是市场并不是我的强项，我希望将来自己能在这方面加强。"

说到 Foilum 的将来，Takaki 希望能在未来的几年，葡萄园面积可以扩展到 20 公顷左右。

看到 Takaki 的生活方式，我想到了《瓦尔登湖》，那样一个离群索居的作家，每天做简单的事：生活、写作与自然交流，带着自然、简单、平静的心情。而 Takaki 说每天这样一点都不觉得寂寞，"你看马尔堡的天空有多美，这片葡萄园周围的景色有多美，每天看着这样的美景，感受四季的变化，每个季节的工作内容都是不一样的，这样的享受是在办公室工作的人们感受不到的"！

春风吹过，夏阳沐浴，秋雨洗礼，便是葡萄散发诱人果香，静等酿酒人将其变为醇美佳酿之际。

葡萄园里常见拖拉机的身影。早春之时，偶尔会有直升飞机混合上方的暖空气和下方的冷空气，保证新发的葡萄叶不被冻坏。

Clos Henri 亨利酒庄：
旧世界遇见新世界

这个酒庄我要写两个人，一个是酿酒师，来自法国的 Damien，一个是葡萄园经理，来自意大利的 Fabi。一个照看葡萄园，保证葡萄收成、质量；一个则把这些葡萄变成美酒。因为在这个酒庄的葡萄园工作了 1 年多时间，笔者可以说对两人都有所了解。

先来说说酒庄的背景。酒庄的创始人兄弟三人来自法国的桑塞尔产区（也是白葡萄品种长相思的故乡，而新西兰的马尔堡以长相思闻名世界）。Henri Bourgeois 酒庄，到创始人这一代已经是家族第十代酿酒师了。他们在 2000 年年初决定在新世界葡萄酒产区新西兰投资，于是在新西兰的马尔堡买了 100 公顷的牧场，把其中的 40 公顷变成了有机葡萄园。

他们的决定其实跟一个朋友有关，就是比他们早来马尔堡创立酒庄的 Georges Michel，Georges 跟 Bourgeois 家族关系很好，他告诉了他们马尔堡产区的潜力。

酿酒师 Damien 与 Clos Henri 结缘，也与 Georges Michel 有关。Damien 出生在法国卢瓦尔希农（Chinon）的一个小村庄，当地有很多

255

酒庄。他的父亲就在当地的一家酒庄担任会计工作。因此,很小的时候,他就在父亲工作的酒庄做些暑期工,这也是他最早对酿酒工作萌发兴趣的时候。

顺其自然,他在波尔多的大学学了酿酒,在学习期间他在法国和美国的酒庄实习了一段时间,在美国实习结束后,他紧接着决定到新西兰的 Georges Michel 酒庄去实习。2005 年他回到波尔多继续最后 1 年的学业,这个时候他收到了一封 E-mail。

这封 E-mail 来自 Jean Marie(Bourgeois 三兄弟的父亲),他在信里和 Damien 约定见面时间。Damien 说那是 12 月的一个下雪的早晨,因为大雪的缘故,他到得有点晚。但是 Jean 并没有要他的简历,就是在面试中简单地问了点问题,然后问他愿不愿意为他们在法国另一个产区买的酒庄工作,

Clos Henri
宁利酒庄：旧世界遇见新世界

Damien 的回答是"No"。"因为我那个时候想去海外工作，积累经验。"

Jean 说："很好，我们其实并没有在法国另一个产区买酒庄，我们其实是想听你谈谈新西兰。"

Damien 现在回忆起那个面试还是不禁地笑起来，"那是个很有趣且轻松的面试，现在 Jean 更像是我的父亲而不是老板。"

就这样大学还没毕业的 Damien，获得了这份酿酒师兼 CEO 的工作。对于没有任何工作经验的他来说，这是个挑战也是个机会。这是酒庄成立的第 6 个年头，葡萄园地也只有一半种上了葡萄。一切还是创业初期的景象。好在有老员工的帮忙，一切都在有条不紊地进行。酒庄的生意越来越好，Damien 也把新西兰当作自己的家：他的两个孩子都在这里出生了。

葡萄园经理 Fabi 是会说四国语言的意大利人，刚认识他的时候，他顶着一头长发，满头的小辫子，看上去就像是个不羁的艺术家，黝黑深邃的目光，让人觉得他背后一定有很多故事。其实后来接触多了，才发现他是个简单、率真的人。

他出生在意大利靠近瑞士的边境城市，在瑞士学习了葡萄的种植。不过学校是用法语授课的，所以法语可以说是他的第二母语。

学业结束后，他决定到新西兰工作。但是那个时候的他一句英语都不会说，这也是他想来新西兰的原因，因为他也想把英语学好。一开始，他只能在包工头手下在葡萄

每年收获季的时候，酒庄的拥有者来自法国的 Bourgeois 兄弟都会来到新西兰马尔堡的酒庄和 Damien（左一）讨论新一季的酿酒工作。

遇见酿酒人

每年，葡萄园种植经理 Fabi 和酿酒师 Damien 都要在葡萄园里查看葡萄以决定采收日期。

园做季节工，后来英语慢慢地好了起来，他在 Churton 的葡萄园找到了工作。但是因为跟老板关系不是很好，他面临着不能再继续待在新西兰的困境，这个时候离他的签证到期只有三个月的时间。

但是，命运就是这么神奇，Clos Henri 向他伸出了橄榄枝，因为葡萄园管理经理 Takaki 辞职去创办自己的葡萄酒，于是在 2009 年，Fabi 来到 Clos Henri，成了葡萄园经理。

就这样一直到今天，在葡萄园工作的这段时间，他结婚生子。

Fabi 说，葡萄园的工作看似单调，其实也充满变化。每个季节都不一样，每天去葡萄园看这些植物，它们都在努力地生长。而他为了让葡萄园工作更加有趣，在农忙的季节，他总是会雇用来自世界各地打工度假的年轻人。

很多人在 Clos Henri 工作的时候变成了他的好朋友，而热爱足球的他，也喜欢跟他们一起去踢足球。Fabi 总是说，他从小就想做职业足球运动员，但是长大后他意识到这个职业可能会养不活自己，所以他现在只是把足球当作爱好。

葡萄种植和酿酒有着密切不可分割的联系，所以人们常说，"好的葡萄酒源自葡萄园"，所以 Fabi 和 Damien 可以说是酒庄的两个灵魂人物。他们都是在旧世界学习葡萄酒酿造和葡萄种植的知识，但都是在葡萄酒的新世界里成长发展的。

酒庄的工作团队在享受丰收喜悦。

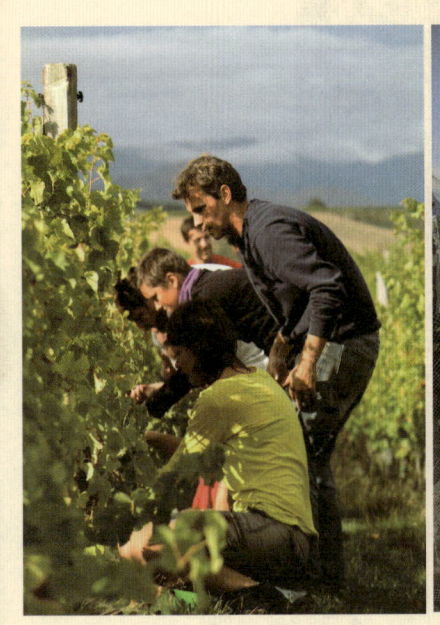

葡萄园里的四季，有各种不同的工作需要大量的人员来完成。

冬天葡萄园里用羊来除草，是有机葡萄种植一个有效方法。

后　记

　　不知不觉在马尔堡待了3年，在这过程中，断断续续地做了这36家酒庄的采访。而马尔堡截至2015年年底总共有151家大大小小的酒庄，我的采访不过只是个零头。

　　这本书写作的过程中，有很多惊喜，比如一些酒庄庄主的热情好客超出了我的想象；也有很多遗憾，比如联系许久而终究无缘见面采访的酒庄。

　　希望通过对36家酒庄的采访，读者能够对这个产区有个大致的了解，也希望你能对这个产区背后的酿酒人的故事有几分兴趣。或者将来你在举起手中的那杯酒的时候，能对那美味的酒多几分欣赏和感激。

　　因为酿酒和葡萄种植的过程，需要大量的人力、物力，还需要几分运气——大自然的眷顾。

　　在写作的过程中，我也在不断地学习和研究葡萄酒。我用了2年时间在当地学习了葡萄种植和葡萄酒酿造，在这过程中，我到葡萄园工作过：冬季剪枝的时候，早晨葡萄园冷得让你伸不出手，半个小时后脚也没有感觉了，一天8个小时下来，手疼得基本不能握住任何东西，就这样2个月下来，基本不知道去体会这些身体上的疼痛了。不过现在很多葡萄园开始提供电动剪刀,这要节省很多力气。

或者在夏天,在新西兰极强紫外线的艳阳下拉铁丝,所谓拉铁丝是因为夏季葡萄生长较快,为了把葡萄枝条控制在一定的范围内,需要用铁丝将其框住。就这样,随着枝条的长高,铁丝的位置也要从低处被拉到高处。暴晒一天下来,一直到夜里 11 点,脸都是红的,更不要说手上的皮被磨破了。

还有其他各种各样在葡萄园里劳作的活,对以前坐办公室时强烈憧憬体力劳动的天真的我来说,才知道体力劳动虽然不需要太多思考,但是需要好的身体极限。

这也让我知道了,没有一件事是随随便便就可以成功的,必须要付出很多很多的努力。这让我再面对葡萄酒的时候,不由得多了几分感激。

除了在葡萄园工作,我也在当地的一家大酒庄做了 Vintage,在酿酒室内工作,跟葡萄园工作有很大不同。

当第一天进酒厂的时候,工作人员说,准备好一个月见不到太阳吧。我当时还在纳闷这句话的意思。随后我很快就明白了,每天早晨 5 点起床,太阳还没升起,在黑暗中坐车到酒庄,然后 7 点开始工作,天那个时候刚蒙蒙亮,一切都还凄冷凄冷的,不敢多想地从工作人员的手中接过工作单,然后开始 12 个小时跑上跑下,进行各种简单耗时的工作:比如酵母灌注,比如把巨型酒罐里的酒用水泵传送到另一个酒罐。在这过程中,要胆大还要心细。不能传错罐子,还要注意从大罐子到小罐子的时候,不能传多了,不然酒会溢出来。

这样一个星期下来,基本上除了工作就是尽可能多地睡觉,所以黑暗中出发,黑暗中回来,真的是看不到太阳。也不知道是什么样的动力支撑着自己度过这样一段紧张而忙碌的日子。而这段时间也是酿酒师最忙碌的时候:调度、思考酒的风格、处理葡萄、人员安排……

而每个酿酒师都是这样过来的,他们在世界各地的葡萄园和酒庄工作,借以获得经验和学到更多的酿酒知识。他们是环球旅行者,也是环球工作者。他们工作、学习和思考,他们想把那小小的一粒粒葡萄变成香气扑鼻、平衡饱满的"神水之滴"。

感谢他们的坚持和耐心,让我们得以品尝到这么多的美酒。

在这里,有一些酒庄很知名,在这里我不得不提一下,虽然他们没接受我的采访。

比如 Cloudy Bay 云雾之湾酒庄,虽然酒庄现在变成了法国奢侈品集团 LV 旗下的品牌。但是它的 1980 年出品的长相思在国际上频频获奖,让马尔堡的长相思扬名世界。随后有了马尔堡葡萄园和酒庄的井喷式发展,现在马尔堡触目所见的都是葡萄园,剩下的牧地也在一步步地变成葡萄园。

还有 Montana 现在改名叫 Brancott,在 20 世纪 70 年代,它在马尔堡的葡萄园扩张,种下了最早的长相思,也让当地人看到了葡萄种植业的希望。现在它已经是法国葡萄酒巨头保乐力加集团旗下的子公司了。

就是这样在马尔堡葡萄酒行业发展的过程中,当地吸引了很多来自世界各地大集团的垂顾,有些酒庄已易主,但是仍然有很多独立的中小型酒庄在坚持着自己的个性,在用自己的"生命"酿酒。

最后,我也与大家分享一点简单的基本的品酒常识:

首先不要被"品"字吓倒,喝葡萄酒不需要什么特别的仪式,三五好友或对影成三都没有关系,最重要的是那份放松愉悦的心情。不过一个好的酒杯确实有很多好处,最好不要用茶杯、玻璃水杯,专业的葡萄酒杯有几个好处:它是透明的,所以你能观察到葡萄酒的颜色;它是底大口小的,可以聚齐酒的香气。另外它有手柄,所以手心的温度不会传到酒上去,从而影响不了葡萄酒的风味。最重要的是不要往葡萄酒里兑可乐、雪碧,兑了可乐、雪碧后的葡萄酒就丧失了它原本的香气和口味。这难道不是暴殄天物吗?

再来说说品酒的步骤:第一步是看颜色,颜色一般来说会揭示葡萄酒的年份,但不是百分之百。比如年轻的白葡萄酒一般近乎无色,或者是浅浅的金色,如有的马尔堡长相思,等过了几年后,颜色就会加深变成了金黄色。红葡萄酒年轻的时候一般是紫红色带点粉,陈年后,会变成了深红或者砖红。这颜色的改变和发展,主要来自葡萄酒中单宁的变化。

第二步就是闻了。闻前把酒杯晃一晃,这样做不是为了"装",这样做的目的是让葡萄酒中的香气更好地散发出来。一般来说,不同的葡萄品种所具有的香气是不一样的,拿长相思来说,你可以闻到青椒、热带水果、青草等等的香气。红葡萄品种如黑品诺你可以闻到浆果、樱桃,甚至花香等等。那么你怎么知道你闻到了什么?答案在你日常生活中,对一些香气进行记忆训练。比如买点香蕉回家,你不停地闻直到记住了它的气味。其他同理。当然现在也有专门的香气训练的工具,里面有葡萄酒的基本香气,但是这些工具一般比较贵。一开始跟着受过训练的行家后面喝几次葡萄酒也是不错的选择。

最后,就是喝啦。如果一天要品很多酒,一般的酒只是在嘴里"过"一下,吐出来,并不真正喝下肚,要不然一天下来就成了酒鬼。当然如果你是朋友聚会,喝到肚里是没关系的。那么,当葡萄酒进了嘴巴以后,需要关注什么?你可以先感觉一下,如果是红葡萄酒,这个酒的酒体是不是很重,也就是说你舌头是不是很干涩,这是酒里面单宁带来的。然后你再感受这个酒是不是平衡,单宁、果味、酒精等等是不是很好地交杂在一起:既不是太苦,又不是没有力度。对于白葡萄酒来说,最主要的是看酸度和甜度的平衡、收尾的长短等等。当然,这些都需要时间来慢慢练习。

有的人品酒的时候,喜欢记笔记,这样是为了让自己记住这些酒。这样下次遇到同样的酒的时候,可以翻翻自己的笔记,看看记忆是否正确。现在国际上流行的葡萄酒大师(Master of Wine)认证的考试,就有专门的品酒环节。在这个环节中,选手必须盲品,也就是选手不知道酒的名称、产区等。但是选手必须通过品酒说出这个酒来自哪个产区、是哪个年份、有着什么样的酿酒技巧等等。对选手的葡萄酒产区知识、香气记忆等等都是巨大的挑战。因此通过这个考试的人,基本上都是葡萄酒界的大师。他们的名片上也可以骄傲地印上"MW"。目前中国还没有拥有这个头衔的人,但是相信在不久的将来,我们一定会出现这样的葡萄酒大师。

其实说了这么多,就是能让大家更好地享受自然和人事结合带来的美好的礼物——葡萄酒。有人说,"知道别人不知道的东西,就是种魔力"。也许是因为,你比别人更懂得欣赏和感恩吧!那就是魔力所在。来吧,亲爱的朋友们,尽情地享受马尔堡辛劳的酿酒师们带来的故事和好酒吧。

最后还想感谢在本书写作过程中给予我帮助的家人——父亲吴大同、母亲程耀如、妹妹吴慧以及表哥程元江的大力支持,同时也非常感谢安徽文艺出版社朱寒冬社长和责任编辑刘姗姗的耐心和肯定!

番外篇：
马尔堡的吃喝玩乐篇及美酒美食节

在马尔堡除了品酒外，还有很多活动你也可以参加。马尔堡也是新西兰拥有海湾最多的地方，看一眼马尔堡的地图，惊叹怎么可以有这么多大大小小的岛屿和半岛。这样的一个岛屿，随随便便拿一个出来，都可以是金庸笔下的世外桃源"桃花岛"。

在世外桃源"桃花岛"住上几天，跟主人出海钓鱼，或者海边泛舟，看蓝天海景一色，顿觉世事烦恼消散。又或者单纯地在海边晒晒太阳，在树林间的吊椅上躺着读书，听海风掠过耳边，听鸟儿在林间啁啾。更为奢侈的，也许是在室外的 SPA 上泡着，然后看着大海什么也不想，间或跟来自世界各地的旅人聊天。

当然，如果你想奢华地享受，马尔堡海湾有很多高级的度假村，一晚上要好几千元人民币的住宿费。如果你想要家庭型简单的住宅，这里也有很多青年旅舍，一晚上要人民币 200 元左右。无论哪种选择，享受的海景都是很美的。

除了海景还有各种海鲜，喜爱青口贝的朋友可以去马尔堡的海边小镇

Havelock的清口贝节上开怀大吃。

如果你想尝尝当地的新鲜蔬果，你可以在12月份和1月份到这边的樱桃园摘樱桃，你可以一边摘一边吃又大又甜的樱桃，自采的价格是12~15纽币每公斤。你也可以到当地每周日小型的农贸集市上买新鲜的蔬菜，或者是烤面包，或者喝杯咖啡，在集市的早餐摊上吃点新西兰特色的早餐。

到了晚上，你也可以去镇上几家人来人往的酒吧喝杯啤酒，听听现场乐队演奏，或者看看人群。

总之，这个安静的小镇，会让你的身心彻底地放松下来。

当然，你不可错过的还有小镇一年一度的美酒美食狂欢节。这是每年2月份在Brancott酒庄里的空地上举办的节日，在这天几乎马尔堡所有的酒庄都会参与。所以在这一天里，你不必来来往往奔波在各个酒庄之间，就可以尝遍马尔堡的美酒。当然，你也可以在现场跟着音乐起舞，或者跟来自各地的人群干杯，又或者品尝新西兰的美食，在看风景的同时，你说不定也成了一道风景。

下面，就让我们欣赏小镇的美景和美酒美食节上的场景吧。

番外篇：马尔堡的吃喝玩乐篇及美酒美食节

每年的二月份，马尔堡都会有美酒美食展，来自世界各地的游客不仅可以品尝当地的海鲜，也可以不必奔波就品尝到各个酒庄的美酒。

马尔堡的 Bleheim 小镇,安静而祥和,人们在这里悠然地生活着。

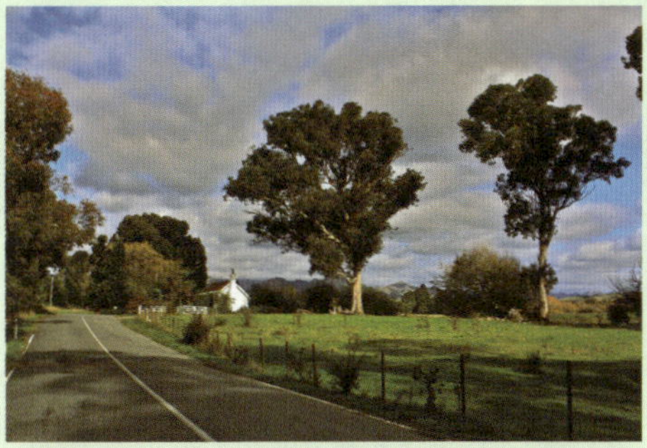

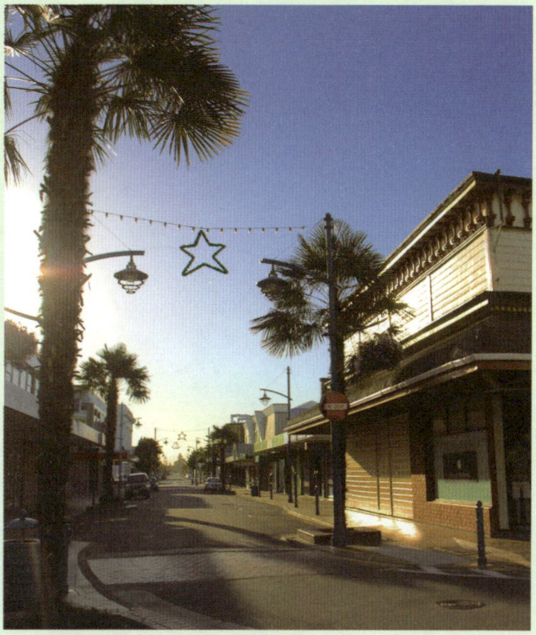

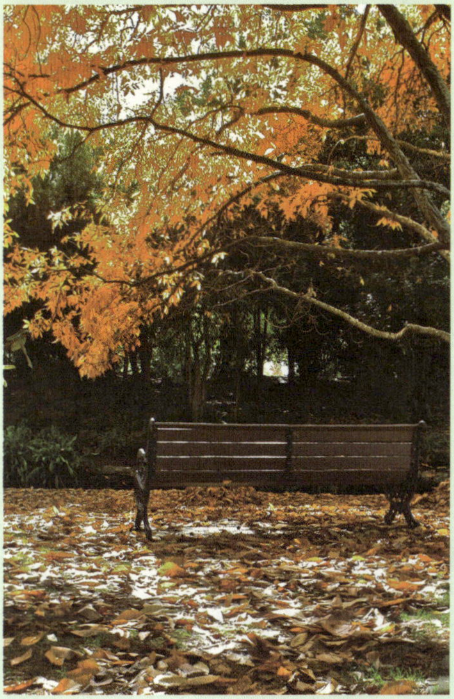

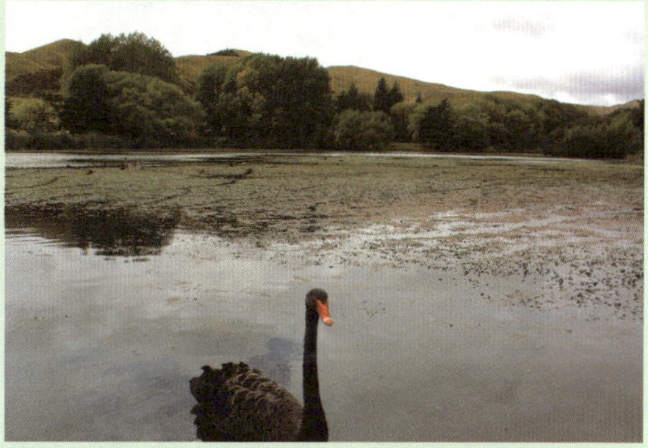

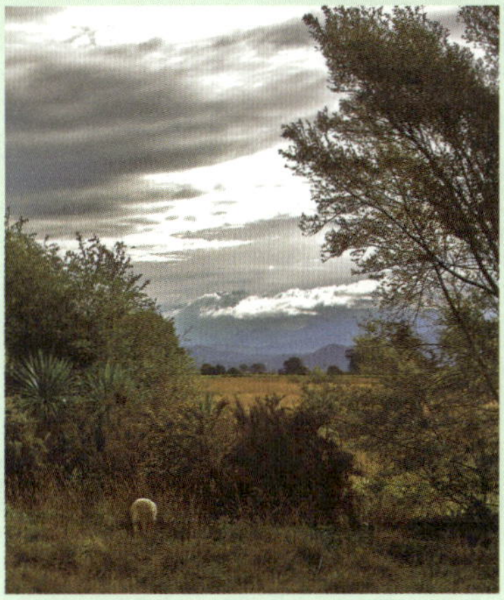

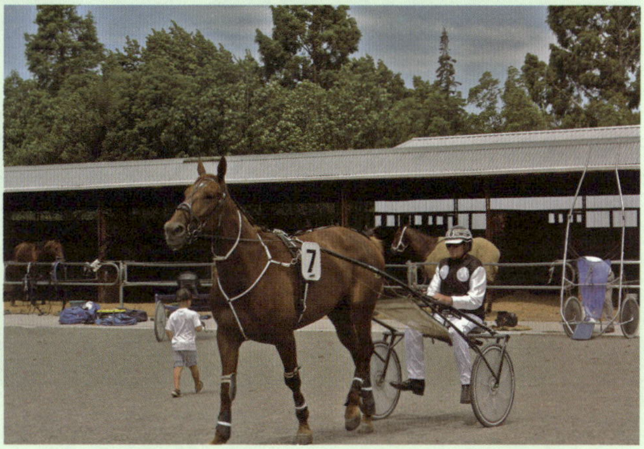
7

马尔堡的 Monkey bay,是一个休闲度假的好去处。